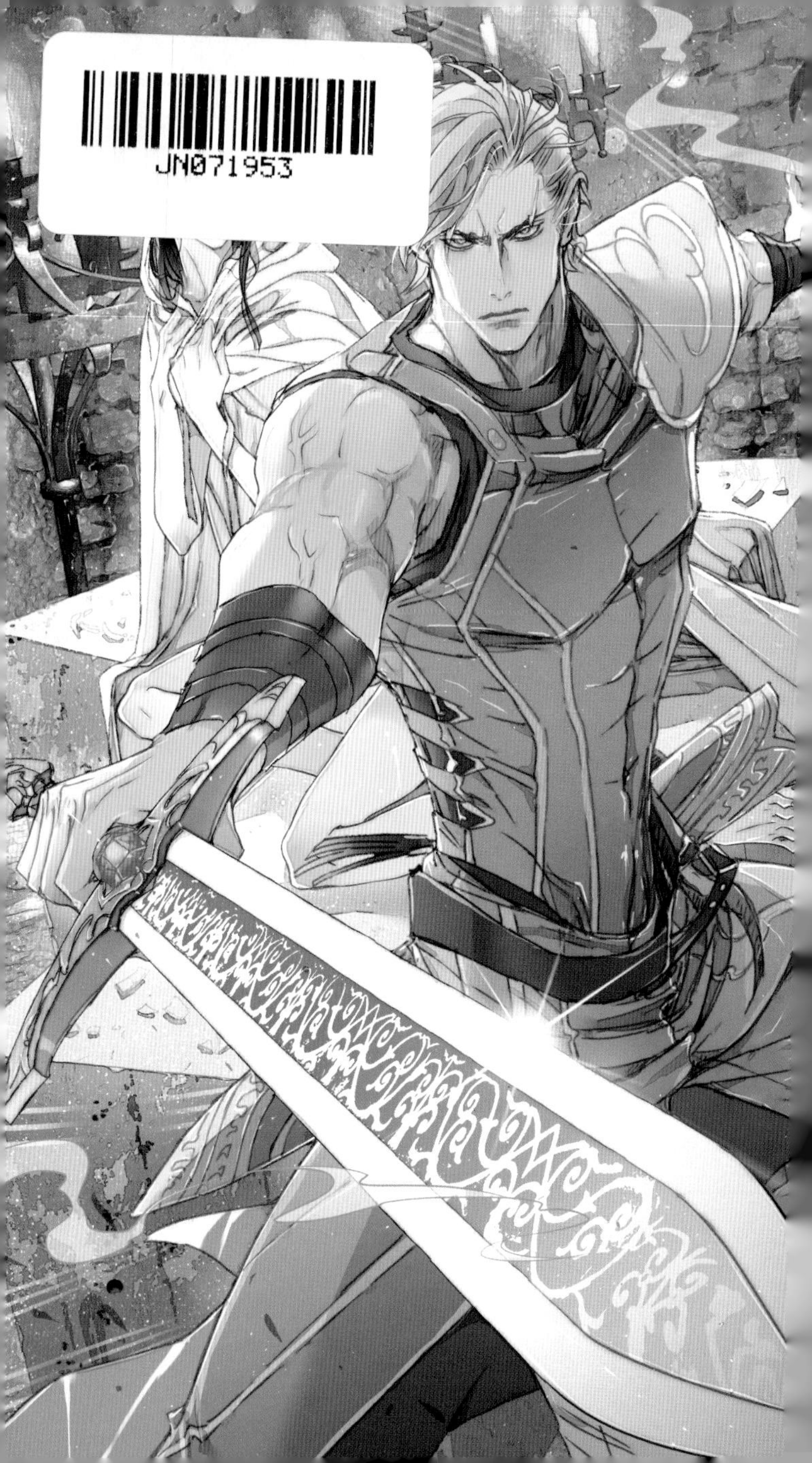

オメガになった王と剣闘士

～ビッチング・キング～

CROSS NOVELS

西野 花
NOVEL: Hana Nishino

笠井あゆみ
ILLUST: Ayumi Kasai

CROSS NOVELS

contents

オメガになった王と剣闘士
～ビッチング・キング～

――それほど難度の高い洞窟だとは思えないな。

切り捨てたばかりの魔物の血のついた剣を振って、レヴィアスは洞窟の奥に視線を向けた。

この最深部に、目指すべきものがある。

レヴィアスはエヴァレットという国の王族だった。王位継承者であるレヴィアスは、今まさに、継承の儀ともいうべき試練に向かっている。

レヴィアスは王子という高貴な身分に相応しく、凛《りん》とした美しさを持っていた。白い肌に整った端麗な顔立ち。だが気位の高そうな紅玉《こうぎょく》の瞳がレヴィアスから女性的な印象を排除していた。艶《つや》やかな黒髪が小作りな顔を縁取り、どこか神秘的で、禁欲的な雰囲気を纏《まと》っている。

エヴァレットの王は代替わりの時にこの洞窟に一人で向かい、その最深部に安置されている宝石を持ち帰らなければならない。レヴィアスの父もこの洞窟に挑んだ。そしてその父は今病床にあり、今度はレヴィアスが向かっている。

(立派に務《つと》めを果たし、父上を安心させて差し上げねば)

レヴィアスは剣の腕には覚えがある。アルファとして生まれ、子供の頃から研鑽《けんさん》を積んできた剣技は流麗と称《たた》えられ、いざ戦となれば多くの敵を切り伏せてきた。それ故に、レヴィアスはこの試練に対してまったく臆《おく》するものはなく、自分は問題なく試練を乗り越えられると思っている。

「……」

洞窟の奥から生ぬるい風が吹いてくる。それはレヴィアスの黒髪をそよ、と揺らした。

（何か、違和感がある）

それが何かとはっきりと言葉にすることはできない。だが、レヴィアスはこの試練の洞窟に首筋がひりひりとするようなものを感じていた。そう、たとえば、ずっと誰かに見られているような。

――ともかく、先に進むか。

何か罠《わな》があるのかもしれない。だがそれも試練のうちだ。

レヴィアスは気を取り直して奥へと進む。いくつかの岩場を通り過ぎ、途中出くわした魔物と戦い、とうとう目指す最深部まで辿《たど》り着いた。

「ここか……」

重く分厚い岩でできた扉の中心に、エヴァレット国の紋章と同じ形の窪《くぼ》みがある。レヴィアスはかけていた首飾りを外すと、その窪みにそれを入れた。するとややあって扉が振動し、ゆっくりと横に動き始める。

岩の扉が完全に開いたところで、レヴィアスは「王の間」と呼ばれるそこに足を踏み入れた。あたりは広い空間になっていて、水が流れる音がしていた。段々に連なっている岩から清らかな水が流れ落ちていっている。

あとは、この部屋の奥にいる魔物を倒すだけだ。

ふと背後に気配を感じて、レヴィアスは振り向きざまに剣を振るう。その場から飛びすさると同時に手応《てごた》えがあった。

「——ギ、ア、ァ——」

「何っ……！」

レヴィアスの唇から驚愕《きょうがく》した声が漏れる。現れた魔物は骸骨《がいこつ》に鎖《くさり》が巻きつけられたような姿をしていた。死霊系の魔物だ。たいした強さではない。レヴィアスは神聖魔法の呪文を唱えると、その力を剣に乗せる。

「——地に伏し、眠れ」

骸骨の尖《とが》った指がレヴィアスに向かって突き出される。それを難なくかいくぐり、魔物の首へ剣を一閃《いっせん》する。

「オオッ……！」

低く呻《うめ》いた魔物はぐらりと揺れた。最初に頭部が、そして次に身体の部分がどう、と倒れる。

魔物としての活動を断たれたそれは、いくらもしないうちにグズグズと土塊《どかい》に戻っていった。

だがレヴィアスは怪訝《けげん》な顔のままその残骸《ざんがい》を眺める。

「何故、死霊がここにいる……？」

試練の洞窟は王家が管理する場所で、代々の王族のみが立ち入ることができる、いわば神聖な場所だ。故にこの試練に用いられる魔物は獣系か竜種がほとんどだった。魔物としては下等な部類の死霊が配置されるなどと聞いたことがない。

そんなことを考えていた時だった。

足元で消えかかっている魔物の遺骸が、ふいに起き上がったのだ。

「！」

髑髏《どくろ》の口が大きく開く。その中のぽっかりと空いた闇から、凄《すさ》まじい瘴気《しょうき》がレヴィアスに向かって放たれた。

「――――っ」

胸に衝撃が走る。肋骨《ろっこつ》が焼けるような痛みが起こった。レヴィアスはその端整な顔を苦痛に歪《ゆが》めたが、即座に剣を握《にぎ》り直し、死霊の頭蓋骨《ずがいこつ》を縦に切り捨てた。その一撃が今度こそ致命的なダメージを与えたようで、死霊はゆっくりと塵《ちり》に還《かえ》ってゆく。だがその口から、最期の呪詛《じゅそ》ともいえる言葉が紡ぎ出された。

『オマエは呪ワレタ』

「何？」

『コレはアルファノミにカカル呪イ。オマエは一月《ひとつき》後に命ヲ落トス』

「――――」

死霊の最期の声が虚空《こくう》に消えていく。それが完全に土に還ると、あたりを清浄な空気が包んだ。

おそらくこれが「王の間」本来の空間だったのだろう。

それまで気がつかなかったが、奥に台座のような岩があり、その上に宝石が輝いていた。これが王の証しだろう。レヴィアスはそれを手に取り、部屋を後にした。

胸の痛みは消えかかっている。だが、身体の奥になんともいえぬ重苦しい塊《かたまり》を呑《の》み込んだような感覚がした。

この世界には男と女の他に、アルファ、ベータ、オメガという三つの性が存在していた。

まず最も数が多いのがベータ。いわゆる平均的な人間である。そしてベータよりもぐっと数が少ないのがアルファで、上層のエリート達だった。彼らは容姿に秀でていて、頭脳明晰で身体能力も高い。世の中はこの一握りのアルファ達によって動かされていた。

そしてそれよりも更《さら》に稀少《きしょう》なのがオメガという存在だった。彼らもまた容姿端麗であり、特別なフェロモンを醸《かも》し出す。男であっても妊娠が可能であり、発情期《ヒート》があった。その時のフェロモンにアルファは抗《あらが》えず、故に危険視され、時に迫害されることもある。

レヴィアスはこの国の正統な王位継承者であり、純然たるアルファだった。


「『王の間』にいる魔物に、手を加えられた可能性があると……」

「おそらくはそうだ。何者かが元々いた魔物を殺し、俺を呪うために死霊をあそこに放ったのだろう」

「しかしいったい誰が」

「わからない」

城に帰還したレヴィアスは、王の証しを持って無事に戻ってきた。だがその身体は呪われており、宮廷神官であるドリューはレヴィアスを見るなり顔を曇らせた。

「お前の見立てはどうだ。解呪できそうか」

レヴィアスは私室に神官を呼び、洞窟であったことを話した。ドリューは二十三歳であるレヴィアスよりも五つ年上であり、年もそう離れていないことから彼が王宮に着任した時から何かと相談していた。知性が表出している顔立ちは冷たげに見えるが、ドリューは話してみると存外おもしろい奴だった。レヴィアスの信頼は篤《あつ》い。

そのドリューが深刻な表情で首を横に振る。

「恥ずかしながら、私の力では及びませぬ」

「――――そうか」

レヴィアスは形のいい眉を顰《ひそ》めた。

「まさか試練の儀でこんなことになるとはな。俺の失態だ」

「レヴィアス様に責はありませぬ。何者かの謀《はかりごと》です」

「それも含めての試練だろう」

口惜しい思いでいっぱいだった。この身は自分一人のものではない。レヴィアスの双肩《そうけん》には、エヴァレットという国がかかっている。現在の王は病床につき、子供はレヴィアスしかいない。

王妃はレヴィアスが十五の時に病で亡くなったが、父は後添いを迎えようとはしなかった。

「俺は斃《たお》れるわけにはいかない。だが――」

ドリューは年若いが、神官としての力は周辺諸国でも一番だろう。彼が無理だと言うのなら、解呪できる神官を見つけることは容易《たやす》くない。しかも期限は一ヶ月。その間に探し出すというのも、あまり現実的とは思えなかった。

「……ひとつだけ、方法がなくはないのですが」

「なんだ」

レヴィアスは顔を上げてドリューを見る。

「しかし、あまりお勧めできる方法では」

「言ってみよ」

この際、どんな方法でも構わなかった。レヴィアスが促すと、ドリューは口を開く。

「ビッチング、というものをご存じですか」

「……いや」

「一言でいいますと、アルファがオメガに変性することです。レヴィアス様にかけられた呪いはアルファのみに作用するもの――――。それならば、オメガになってしまえばいい」

ドリューの言葉は、レヴィアスに衝撃をもたらした。

「オメガになる……？　俺が……？」

「さようです」

レヴィアスはこの国の王となるべく教育を受けてきた。国を統《す》べ、民を豊かに、国土を富ませる。そのためにはどんな努力も厭《いと》わなかった。

「……」

だが、この身がオメガになるなどという事態は考えたこともなかった。

「世継ぎはどうする」

「それこそ、あなた様ご自身がお産みになればいい」

「馬鹿なことを言うな！」

俺がオメガになる？　フェロモンを放ち、発情期があり、番《つがい》に抱かれて子を孕《はら》む。

これまで世継ぎの王子として多くの者に傅《かしず》かれ、また自身も優秀なアルファとして生きてきたレヴィアスにとって、それは到底受け入れられないことのように思えた。

「ですからお勧めできないと申し上げました」

「せめてベータになることはできないのか」

「できません。ビッチングとはそういうものです」

「――――」

レヴィアスは目元を手で覆った。気持ちの整理がつかなかった。だが呪われてしまった今、命の期限がある。このままアルファとして、王族としての責任を果たさぬまま誇りに死ぬか、番を持つオメガとなって自ら世継ぎを産んで生きるか。

「……まだ少しの間は猶予《ゆうよ》があります。よくお考えになるとよいでしょう」

「ああ」

考えたとして、納得はできるのだろうか。だがいずれにせよ結論は出さねばならない。この国の行く末を思うのならば。

そう思った時だった。部屋の外から慌《あわ》ただしい足音が聞こえ、ドアが叩《たた》かれる。

「失礼いたします！　陛下のご容態が急変いたしました！」

「っ！」

レヴィアスは立ち上がった。父王は以前から病に伏せっていたが、ここに来て急速に生命力が萎んでいくような感じがしていた。だからレヴィアスは試練の洞窟に行くことを急いだのだ。

「急いで陛下の許へ」

「わかっている」

足早に父の部屋へと向かうと、そこにはすでに多くの宮廷医や重臣達が集まっていた。レヴィアスが到着すると、皆沈痛な顔をして道を開ける。

「父上、レヴィアスです」

「おお……、レヴィアスか」

枯れ木のように痩《や》せた手が伸ばされた。レヴィアスはベッドの脇に膝《ひざ》をつくと、その手を両手でしっかりと握る。

「試練の洞窟は……どうだった」

「ご安心ください。無事に証しを持って戻りました」

レヴィアスは懐から洞窟の最深部で取ってきた宝石を取り出し、父に見せる。それは薄暗い部屋の中で目映《まばゆ》く光り輝いていた。

「見事だ、レヴィアス。これでお前もエヴァレットの立派な王になれる」

「……はい、父上。この国のことはお任せください。必ずや、今以上によい国にしてみせます」

洞窟の最深部で起こった出来事については伏せた。そんなことは、死出の旅に出る父の耳に入れる話ではない。迫り来る肉親の死に、レヴィアスの胸が押し潰《つぶ》されそうに痛んだ。夕焼け色の瞳から大粒の涙が零《こぼ》れる。

「……ああ、儂《わし》はよい息子を持った」

父は安堵《あんど》したように長い息を吐いた。

「頼むぞ、レヴィアス。この国……を……」

それが父の最期に発した言葉だった。ヒュッ、と息を吸い込み、僅《わず》かに上がった喉が力を失ったように横に傾く。レヴィアスが握った手からすべての力が抜けていった。

「……父上」

宮廷医達が慌てて脈をとる。やがて彼らは一歩下がり、頭《こうべ》を垂れて重々しく宣言した。

「――身罷《みまか》られました」

「父上！」

部屋のあちこちから啜《すす》り泣く声が聞こえる。父は名君だった。そして今この時から、レヴィアスの肩にエヴァレットという国の命運がかけられたのだった。


国王の葬儀はしめやかに行われた。レヴィアスは次の国王として、父の葬儀を取り仕切った。

それは数日間続き、葬送の儀が一段落した頃には、呪いを受けた日から一週間以上が経過してしまっていた。

レヴィアスは執務室にドリューを呼び、意を決したように口を開いた。

「ビッチングを試みようと思う」

この一週間、レヴィアスはずっとそのことを考えていたが、父の今際《いまわ》の際《きわ》の言葉を聞いた時から結論は出ていたのかもしれない。自分の懊悩《おうのう》などこの国と引き換えにできるものではないと思われた。

「……さようですか」

「だが、それには相手がいることだろう」

「はい」

「誰を選べばいいと思う」

「レヴィアス様」

ドリューが困ったような顔をした。

「そのように事務的に決めていいものでは。ビッチングの方法を知っているのですか」

「知らぬ。だが、少なからず俺にとって不本意な行為であろうことは想像がついている」

「そうですね」

彼はため息をついた。

「ビッチングとはアルファ同士で番う場合、互いにラット状態《発情》の時に首筋を噛むと、噛まれたほうがオメガに変性するといわれております。そしてその時、噛んだほうが肉体的に優れていればビッチングに確実に成功するとも」

ラットはアルファの急性的な発情状態だ。レヴィアスはアルファではあるが、まだその状態になったことはない。これまでずっと周りがレヴィアスにオメガを近づけまいとしていたし、レヴィアスはいずれどこかの国のアルファの姫君と結婚するものだと思っていた。だからオメガに対するイメージも漠然《ばくぜん》としたものになっている。

「オメガに、か……」

国の一大事だ。レヴィアスはそのことをよくよく考えたが、よく知らないものは想像しようがない。

「発情期を持ち、フェロモンを放つ……。俺にとっては想像上の生きものだ」

「レヴィアス様は発情期のオメガをご存じではない」

ドリューは床に視線を落とした。

「以前、見たことがあります。オメガの発情期は苛烈《かれつ》です。まず理性を保っていられないと」

肉体の欲求に苦しめられるというオメガに対して、ドリューはやや同情的な見方をしていた。

「覚悟の上で言っておられるのでしょうが、正直、あんな提案をしなければよかったと思っております」

「愚問だな」

だがレヴィアスは短く告げる。

「この国のため、それしか方法がないのなら仕方がない。俺はビッチングを受け入れる」

「……かしこまりました。では急いで相手の選定を」

「ともかく、俺よりも強い男でなくてはならないわけだ」

レヴィアス自身、腕の立つ剣士でもある。そのレヴィアスよりも強い男となると、探すのにはなかなか骨が折れそうだった。

「今は急いでいる。とにかく俺をオメガにしてくれる男であればいい。番となる相手などはまた別に考えよう」

「そうであれば……。闘技場の男などはいかがでしょうか」

「剣闘士か」

エヴァレットには娯楽施設の一環として、闘技場で戦いを見せる剣闘士という存在がある。剣闘士は試合に勝てば賞金がもらえ、ランクが上がる。ランクが上がれば基本の試合料も上がるということで、大陸中から腕に覚えのある剣士が集まってきていた。

エヴァレットの闘技場は命をかけるような戦いは禁止していたが、人気のある興行のひとつである。また、逞《たくま》しく見栄えのいい剣闘士も多いため、女性客が彼らを『買う』ことも多くあるという。それに関しては風紀の乱れなどが懸念されるものの、あまり締めつけてもと思い、国は黙認している。レヴィアスもそれは了承していた。

「天覧試合で何度か観たことがあるな。わかった。彼らを見に行ってみよう」

レヴィアスは淡々と事を運ぶべく指示をする。アルファの身である自分がオメガに変性するということは一大事だ。それはわかっている。だが、レヴィアスはあえてそれを考えないようにしていた。この先もこの国を統治できればそれでいい。オメガとなった後は番の男を見つければ発情期は治まるという。

(それならば問題はない)

だが、オメガという生きものは、現在アルファである自分とはいわば対極にあるような存在だ。いざ自分がオメガになった時、果たしてそれを受け入れられるだろうか。

(受け入れてみせる)

亡き父のため。そしてこの国のため。レヴィアスという個の存在は、あってなきようなものだ。レヴィアスは子供の頃からそんなふうに育ってきた。

「すぐに行くぞ」

「かしこまりました」

そうはいっても、いざオメガになってしまったら、おそらく動揺はするだろう。混乱もするかもしれない。その時の自分の状態を冷静に予想しながらも、今考えるべきことはそこではないと、レヴィアスは気持ちを切り替えた。


闘技場で戦う剣闘士には宿舎が与えられている。簡素だが水回りの設備もあり、食事も出る。また、広い修練場もあり、彼らはそこで日夜研鑽を積んでいた。

「今一番強いのは、あそこにいる男です」

修練場を上から見下ろし、レヴィアスとドリューは模擬戦を行っている剣闘士達を眺めていた。

「二ヶ月前にこの国に現れ、剣闘士として登録した直後から勝ち進みあっという間に一番手に躍《おど》り出ました。そこからずっと勝ちを譲っておりません」

ドリューが指差したのは、癖のある金色の髪に赤銅色《しゃくどういろ》の肌をした男だった。鍛え抜かれた体躯は鋼《はがね》のように力強く、彫像のように均整がとれている。

「ルークという名です。アルファで登録があり、間違いありません」

「ルーク……」

レヴィアスはその名を舌の上で転がすように小さく繰り返した。

ルークはかなり上背があるようだったが、それよりも更に上背があり、山のような体軀の男と剣を交えている。巨漢の男の持つ剣もまた巨大で、あんなもので斬られたら身体が真っ二つになりそうだった。

だがルークはその斬撃《ざんげき》をなんでもないように躱《かわ》すと、逆に男の懐に入り、足元に攻撃を加えた。巨漢の男の身体がどうと倒れる。次の瞬間、ルークの剣先が男の喉元に突きつけられていた。それは瞬きをする間だった。

「――見事だな」

流派も何もあったものではない。だがルークの剣は恐ろしく実践的だった。自分もまた剣を使うからこそわかる。あの男は強い。

巨漢の男がすごすごと引き下がる。ふいにルークが首を巡らせ、上から見下ろしているレヴィアスのほうを見た。視線が合う。

「――」

その瞬間、ルークの眼差しで身体を射貫かれたような感じがした。肉体が微《かす》かに痺《しび》れて甘い余韻を残す。それはこれまで体験したことのない不思議な感覚だった。

「……ドリュー」

「はい」

「あの男を、俺のところまで連れてこい」

レヴィアスはそれだけを言うと、踵《きびす》を返した。

あの瞳に、これ以上この身を晒《さら》していられなかった。


レヴィアスが執務室に戻ると、程なくしてノックの音が聞こえた。

「入れ」

まずドリューが入室し、その後にルークが入ってくる。

「連れてまいりました。――――粗相のないように」

後半はルークに向けられた言葉だった。彼はこざっぱりとした衣服に着替えていたが、二の腕は素晴らしい筋肉に覆われていた。近くで見るとその肉体の完璧さがわかる。

「席を外してくれ、ドリュー」

「……しかし」

彼の考えもわかる。剣闘士などという荒くれ者といきなり二人きりになるのはいかがなものか。だが、これから常識はずれの頼み事をしなければならないのだ。こちらが信用しているということを見せるべきだろう。

「大丈夫だ」

「……では、何かあったらすぐお呼びください」

「ああ」

ドリューは一礼すると、部屋を出ていった。後にはレヴィアスと、そしてルークという男だけが残される。

「もう少し近う」

レヴィアスの言葉に、ルークは二歩近づいた。

先ほどは少し距離があったために顔立ちまではよくわからなかったが、ルークはそうお目にかかれないほどの美丈夫だった。雄くさく整った顔立ち。よく見ると左の眉からこめかみにかけて斜めに走る傷痕があった。だがその傷すらもこの男を引き立てているように見える。

レヴィアスは執務机に座ったまましばしルークを見上げた。彼もまた同じようにレヴィアスを見つめてくる。強い眼差し。胸がざわつく。

「俺が誰だかわかっているか？」

「レヴィアス・エヴァレット殿下」

レヴィアスはまだ即位しておらず、今はまだ王ではなかった。そしてレヴィアスは初めて男の声を聞いた。低く、響きのいい声だった。

「そうだ。急に呼び立ててすまなかった」

レヴィアスは椅子から立ち上がる。ルークの前に立つと、頭ひとつ分ほどの差があった。

「その前にひとつ確認をしておく。お前はアルファで間違いないな?」

「ええ」

ルークは当然のように頷《うなず》く。レヴィアスもそのことは疑っていなかった。彼の恵まれた体格、容姿、そしてその強さは、能力に秀でたアルファに違いだろう。

「……今から話すことは決して口外してはならぬ。外に漏らせば、素《そ》っ首を刎《は》ねる」

そう告げると、男は傷のあるほうの眉を上げる。どこにも緊張の色は見られない。レヴィアスはふと目を伏せ、ため息をついた。

「とはいえ、お前には恥知らずな頼み事をしなければならない」

「……と言いますと?」

レヴィアスは言葉を選びつつ、試練の洞窟の戦いにおいて死霊から呪いを受けたことを語った。呪いのもたらす死から逃れるためには、自分がオメガにならなければならないということも。

「つまり、俺に殿下をオメガにしろと？」

「……そういうことだ」

話の内容にルークはやや驚いたような様子を見せたが、その落ち着きが崩れることはなかった。彼の口の端が皮肉げに上がる。

「俺は一介の剣闘士ですよ。どうして俺に？」

「時間がない。しかるべき身分のアルファの相手を探すには調査も根回しもいる。まずはこの国のために、俺自身の命を長らえさせなければならない」

「なるほど」

「そして……俺をオメガに変えるには、アルファの中でも俺より屈強な者でなければならない。お前の強さは充分にそれに値すると判断した」

「それは光栄」

ルークはうっすらと笑った。そしてふいに一歩踏み込んできて、レヴィアスの顔を覗《のぞ》き込む。

びくりと肩が震えるのを、意志の力で制した。

「あなたはオメガになる覚悟がおありか」

「……もちろんだ」

「あなたのような身分の高いお方がオメガに？　それがどういうことなのか本当におわかりです

か」

「当然だ。それらすべてを承知の上で言っている」

「そうまでして、この国を？」

「くどい。俺には責任がある。王族として生まれたからには、その責を果たさなくてはならない」

「それは命令ですか」

「そうしたいところだが、これは俺の頼みだ。さすがにこんなことなど命令できぬ」

レヴィアスの覚悟に迷いはなかった。たとえこの先、どれほどの肉欲に苛《さいな》まれるとしても。

ルークはその胸の奥の思いまで探るように。じっとレヴィアスを見つめた。青い瞳に捕らえられたレヴィアスもまた、視線を逸《そ》らすまいと見つめ返す。

沈黙を破ったのはルークのほうだった。

「承知いたしました」

引き受けてもらえた。レヴィアスは安堵に包まれた。だがそれと同時に、ルークの逞しい腕に引き込まれてしまう。

「っ！　何を……」

「俺達はこれから、こういうことをするのでしょう？」

こんなことで動揺していては、とてもオメガに変性する行為などできない。彼はそう言っているのだ。

レヴィアスは彼の腕の中で力を抜く。厚い胸板に包まれる感覚は、思ったよりも悪くないものだった。人の体温というのは、こんなにも心地よいものなのか。

「口を吸ってもよろしいか」

「……許す」

答えると、大きな手で顎を捕らえられて上を向かされた。男らしい端整な顔が近づいてくるのに思わず目を閉じる。

重なった唇が、ひどく熱かったのを覚えている。

エヴァレットの王宮の奥に、人知れず建っている塔がある。

レヴィアスとルークはそこに籠《こ》もり、レヴィアスがオメガになるまで交合を続ける運びになった。

二人が過ごす塔の寝室は美しく整えられ、香油や気分が高まる成分の軽い媚薬《びやく》などが用意された。そして最も大事なのが、オメガのフェロモンだった。

「これを使え」

レヴィアスはルークに掌《てのひら》に収まる硝子《ガラス》の小瓶を手渡す。

「これは？」

「オメガのフェロモンを精製した香油だそうだ」

これを用いてラット状態になるのだとドリューが言っていた。いよいよその時が来たのだと、レヴィアスはさすがに緊張が隠せない。湯を使い、互いに身を清めて準備は万端だ。

「遠慮はいらぬ。早くやれ」

二人でベッドの上にいるのだと思うと、なんだかいたたまれなくなってくる。いっそ早く済ませてしまいたかった。

だがルークはその小瓶をベッド横の卓の上に置いてしまう。

「どうした」

「レヴィアス殿下は、男に抱かれた経験はないのだろう」

「ないな。それがどうした」

「アルファのあなたの身体は、本来男を受け入れるようにはできていない。まずはそこからだ」

「な……に…、んっ！」

熱い唇が重なってくる。口づけは二度目だった。弾力のある唇がレヴィアスの唇に合わさり、舌先がそっと唇の合わせをなぞる。

「……っ」

口を開けと言っているのか。

よくわからず、レヴィアスは薄く唇を開いた。すると肉厚の濡れた舌が口内に滑り込んでくる。その未知の感覚に、びくりと身体が震えた。体重がかけられ、ベッドの上に押し倒される。その弾みでもう少し口が開いた時、突然口づけが深まった。

「ンン……んっ！」

ぬるり、とルークの舌が奥まで入ってきて、レヴィアスの口の中の粘膜を舐《な》め上げる。レヴィアスはこれまで清廉《せいれん》に生きてきたので、口づけすらしたことがなかった。それなのにこんな生々しい感覚を与えられて、激しく惑乱してしまう。

「んう、……う、んっ！」

背筋にぞくりとしたものが走って、身体から砂のように力が抜けた。なんだこれは。こんなものは知らない。

「は……っ」

ようやっと口を離されて、目を開けて男を見た。恐ろしく深い青い目がこちらを見下ろしている。レヴィアスはこの男のことをろくに知らない。それなのに、自分の身体をすべて預けようとしていることが不思議だった。常であれば正気の沙汰《さた》ではない。だが今は非常事態なのだ。この男にどうしてもオメガにしてもらわねば。

「試合の後、気に入ってもらった奥方様方に閨《ねや》に誘われることがありましてな。そちらのほうでも、いたく喜んでいただいております。ご安心めされよ」

「……俺に向かってそれを言うか」

剣闘士と貴婦人との遊びは黙認されているだけに過ぎない。それを国主になるレヴィアスにぬけぬけと言ってのける彼はたいした度胸の持ち主だ。さすがに無敗の記録を持っているだけある。

「そうは言っても、悦《よ》くなったほうがよろしかろう」

「……、っ、！」

次の瞬間、レヴィアスは思わず声を上げそうになった。ルークの舌で胸の突起を転がされている。その部分からビリッ、という刺激が生まれて、じわじわと広がっていった。くすぐったいような、なんだか泣きたくなるような感覚。

「う、ふ……ん…っ」

「固くなってきましたね」

生まれて初めて他人に刺激されたレヴィアスの乳首は、快楽を素直に受け、精いっぱい勃《た》ち上がってしまっている。もう片方も指先で捕らえられて転がされると刺激が二倍になり、思わず声を上げてしまった。

「あ、ああっ！」

自分の嬌声《きょうせい》を耳で聞き、レヴィアスははっと我に返る。燃えるような羞恥《しゅうち》と屈辱《くつじょく》が一気に押し寄せてきて、のしかかる男を突き飛ばそうとした。だがその腕は鋼のような筋肉を持つ男の手に簡単に捕らえられる。

自分もアルファだというのに、この男の肉体は圧倒的だった。そんなことを思ったレヴィアスだったが、自分はもうアルファではなくなるのだと思い出す。なんともいえぬ屈辱感が込み上げた。

「やめておきますか?」

ルークがふいにレヴィアスの顔を覗き込んでくる。

「誇り高いあなたが、俺のような男に犯されるなど、耐えられるとは思えませんが」

見透かされている。そう感じた時、頭にカアッと血が上った。

「見くびるな」

レヴィアスは下から男を見据える。

「もう決めたことだ。お前は、俺がたとえ泣こうが喚《わめ》こうが役目を果たせ。今のは命令だ」

先ほどは頼みだと言ったが、こうでもしないともしもやめられてしまったらオメガになれない。

そうであれば、この先に待っているのは。

「……そうでした。オメガにならなければ、あなたは死ぬ」

世継ぎがいなければこの国は混乱に陥る。それだけは避けなければならない。

「では、俺も容赦はなしでいきましょう」

手首を捕らえられ、シーツに押さえつけられる。

「あなたを男を受け入れられる身体にする——。俺のすべての手管を持って」

「!」

薄い夜着の上からルークの下肢を押しつけられ、その熱さにびくりと身が竦《すく》んだ。そのままゆるゆると腰を動かされると、脚の間からじわじわと快感が込み上げてくる。

「んっ……ん……っ」

「声は堪《こら》えずに出してください。そのほうが気分も高まる」

ルークは夜着の前を広げ、互いのものを直接擦《こす》り合わせてきた。途端に強烈な刺激が腰の奥を貫き、レヴィアスはたまらず声を漏らす。

「ん、く、ああっ」

自分と同じ器官が裏筋を刺激してきた。快楽が身体中に広がっていって、レヴィアスの端麗な顔が喜悦に歪む。それを見られたくなくて顔を背けると、強引に顎を掴《つか》まれて戻された。

「可愛い顔は見せてください」

「こ、のっ……」

罵《ののし》ろうとする唇は深く塞《ふさ》がれ、舌根まできつく吸われる。その間も脚の付け根は嬲《なぶ》られ続けているので、頭の中が沸騰《ふっとう》するようだった。クリアな思考が奪われて、どろりと甘ったるく煮蕩《にとろ》けていくような感じがする。

「は、うっ……」

ルークが口を離した時、レヴィアスの肢体には細かく痙攣《けいれん》が走っていた。股間からはちゅくちゅくと卑猥《ひわい》な音が響いていて、そこが濡れていることを示している。

「う、あっ、あ、あっ……！」

「さっきから腰が浮いている。まずはイってください」

「んっ、ううっ、いやだ、そこっ……！」

弱い場所を刺激されてしまって、レヴィアスは快感が抑えきれなくなった。身体の奥から今まで経験したことのない熱いものが込み上げてきて、肉体の芯を灼《や》こうとしている。その快楽の強さに怯《おび》えた。

「あう、やっ、あっ！」

だが、我慢できない。足先まで甘く痺れて、身体が言うことを聞かなくなっている。ルークの大きな手が互いのものを握り、掌で先端を刺激するように包み込んできた。腰骨が灼けつくような快感が込み上げる。身体中がびりびりと痺れた。

「あ…っ、く、あ、んう―――…っ！」

一瞬、意識が真っ白に染まった。身体の底から強烈な快楽が突き上がり、レヴィアスは喉を反らして絶頂に達する。先端の蜜口から白蜜がびゅくびゅくと噴き上がった。

「う、ア、あ、―――……っ！」

腰が勝手に痙攣するのを止められない。思わず喚き出しそうになる愉悦に奥歯を噛みしめることでようやっと耐えた。目尻に涙が滲《にじ》む。

「は、ア……っ」

「ずいぶん散らかしましたね」

　呼吸を整えている時にかけられた言葉で、レヴィアスは目を開ける。すると自分の放ったものが下腹部や胸までを汚しているのを見てしまった。いまだかつて目にしたことのない、己のはしたない姿に呆然《ぼうぜん》とする。

「オメガになれば、あなたのこの尊い子種も誰かを孕ますことはなくなる。純然たる愛液となるわけです」

　ルークは肌の上に飛び散った白蜜を指ですくい、ぺろりと舐めて見せた。

「……よけいな、ことを、言うな……っ」

　羞恥と屈辱がレヴィアスの肌を震わせる。だがその中に微かに甘い戦慄《せんりつ》があった。そしてレヴィアスはふと、ルークの股間に気づく。彼はまだ精を放っていない。体躯に見合ったその凶暴そうなものは、依然として天を仰いで幹に血管すら浮き上がらせていた。

「早く挿《い》れろ。そして噛め」

「お戯《たわむ》れを。今のあなたには俺のものはまだとても無理です」

　ルークはそう言うと、レヴィアスの両脚を持ち上げて大きく開かせる。そして胸に膝がつくようなひどい格好をさせた。

「なっ、あっ……！　よせ、そんな格好……っ！」

「ここでは俺の言うことを聞いていただく」

そんな体勢は今までしたこともないし、誰からもさせられたことなどない。それなのに、この剣闘士の男は王族であるレヴィアスを容赦なく暴いていく。自分で望んだことはいえ、思わず抵抗しそうになった。最も、力ではおそらくこの男には敵《かな》わないだろうが。

「――――あっ⁉」

ルークの頭が脚の間に埋められていった時、レヴィアスは口淫されるのかと思った。だが彼の舌はそれよりももっと後ろ、双丘の狭間《はざま》の窄《すぼ》まりをぴちゃりと舐め上げる。

「な、なに、をっ……！　あっ！」

とんでもない場所を舐められて、レヴィアスは動揺を隠せない。足をばたつかせるも、そこから湧《わ》き上がる異様な感覚に力が入らない。

「よ、せっ……、そのような、ところっ」

「ここを解さねば這入《はい》りませんよ」

熱く濡れた舌が後孔を何度も舐め上げていく。その度にビクッ、ビクッ、と太股《ふともも》を震わせながら、レヴィアスは目を見開いてその行為に耐えていた。

「……っ、う、あ…っ」

ぴちゅ、くちゅ、と卑猥な音が下肢から響いている。舌嬲りを受けているその部分が次第に熱くなり、内側の壁がひくひくと蠢《うごめ》き始めるのがわかった。

「……オメガになれば、ここは勝手に濡れて柔らかくなります。けれど今は、こうして蕩かせてやらねば」

ルークはそう言うと、肉環をぐっ、と押し開き、剝《む》き出しになった珊瑚色《さんごいろ》の媚肉にちろちろと舌を這わせた。

「んううううっ」

くすぐったいような、痺れるような感覚が生まれてくる。レヴィアスの足の指が耐えられずに内側へぎゅう、と丸められた。内奥が引き攣《つ》れるような快感に、知らずに腰が浮く。

「く、ふうう、ああっ、……っい、いつまで、続けるつもり、だっ…」

こんな恥ずかしいことは耐えられない。自分のそこが男の舌を受け入れるように動き始めるのも信じられなかった。

「んああっ」

ぐじゅ、と音がして、ルークの舌がレヴィアスの中に入ってしまう。自分の身体の内側を舐められる感覚に、狼狽《うろた》えながらも喘《あえ》いでしまった。何しろ勝手に声が出てしまうのだから、止められない。

「んぁ、ひ、んくう――……っ、や、あっ！」

ねちょ、くちゅ、と淫猥《いんわい》な音が聞こえる。それは自分の身体が出している音なのだ。

「こ、このような、こんなっ――…、んあ、あああっ」

その時、股間から痺れるような別の快感が生まれて、思わず高い声を漏らしてしまう。ルークが後ろを舐めながら、レヴィアスの前のものを握り、優しく扱《しご》き立ててきたのだ。前と後ろを同時に責められる快感に我慢できるわけがない。

「や、だめ、だ、それはっ、んんあぁっ」

肉茎は無骨な男の手に擦られ、先端からまた愛液を滴らせた。後ろを舐められる感覚もおかしくなってしまいそうなほどにレヴィアスを責め立てる。

「っ、う、ふっ、んんっ、――……っ！」

もう後ろが気持ちいいのか前が気持ちいいのかわからない。それはレヴィアスを一層混乱させ、思考をかき乱した。上がる声も次第に大きく淫らになり、内股が時折痙攣する。

「ん、ん、くうう、あっあっ、～～～っ！」

声にならない声を上げて、レヴィアスは二度目の絶頂に達した。だがそれでもルークの舌は止まらず、レヴィアスはその後、更に二度達するまで前と後ろを責められ続けた。

紙にペンを滑らせる音が部屋に響く。レヴィアスは執務室で公務を行いながら、時折ちらちらと向けられる視線が気になって仕方がなかった。もっとも彼にしてみれば、昨夜の自分達がどうなったのかという結果こそが気になって仕方がないところだろう。レヴィアスはため息をつくと、諦めて顔を上げた。

「――そう見られていると気が散るぞ、ドリュー」

「は、これはご無礼を」

「お前の言いたいことはわかっている。昨夜はうまく事が運んだのか、ということだろう」

「おっしゃる通りです」

ドリューは恐縮した様子を見せながらも、退く気はないようだった。

「――最後まではできなかった。まだ馴らす必要があるそうだ」

「と言いますと？」

「それ以上言わせる気か。挿入までは至らなかった、ということだ」

そこでようやく彼は理解したらしく、ばつが悪そうに頭を下げる。

「よけいなことをお聞きいたしました」

「確かにな」

だが国の命運がかかっている状況だ。しかも事はまだ秘密裏に進めなければならない。レヴィアスが完全にオメガになったとしても、それを理由に王位を退かせようと企む輩《やから》も出てくるかもしれない。そうなると更に面倒なことになる。

「首尾よくオメガになったとして――――、次は番だな」

「はい。近隣諸国から、ふさわしいとされるお相手を選定中です」

オメガのまま王位に即《つ》くには、しかるべき番を見つけて立場を安定させねばならない。

「そういえば、運命の相手、というものがあるんだったか」

アルファとオメガの間には、運命の番というものが存在し、その相手に巡り会うと強固な絆《きずな》で結ばれるという。だが出会える確率は低い。

「時にお前はどうなのだ」

「は？」

「番う相手はいるのか」

「……私はベータですよ、レヴィアス様」

「そう…だったのか？」

知らなかった。彼があまりにも優秀だったから、てっきりアルファだと思っていた。それでは彼の今の地位は、血の滲むような努力の賜《たまもの》なのだろう。

アルファは生まれついての才に恵まれている者が多い。社会的にも優遇され、それが当たり前のように思っていることが多い。レヴィアスもまた例外ではない。王族として生まれれば、それは顕著なものになる。

それらをすべてひっくり返され、オメガという存在になることを自分は本当に受け入れられるのだろうか。

レヴィアスは昨夜の出来事を思い出した。自分の恥ずかしいところをすべて暴かれ、ありえない場所を舐められ触られ、痴態《ちたい》を晒す。オメガになればそんなことが日常になる。

「……」

国のため、という大義で、レヴィアスはそのことをこれまであまり深く考えてみようとはしなかった。アルファである自分にはオメガの本当のところはよくわからないし、もしかしたら、あえて見ないようにしていたのかもしれない。

だが、昨日ルークがした行為は、レヴィアスのそんな考えを見事に吹っ飛ばしてしまった。しかも、まだ彼自身を受け入れていない。

耐えられるのだろうか。そんな思いがちらりと脳裏を掠《かす》める。

「……レヴィアス様？」

呼びかけられてハッとすると、ドリューがどこか気遣わしげな顔でこちらを覗き込んでいた。

「大丈夫ですか？　やはり、お身体に負担が……」

「大事ない」

レヴィアスは即座に答える。そのような人としての弱みなど、自分は外に出していい立場ではない。

（なんとしてもオメガになり、呪いを解かねば）

レヴィアスは雑念を払うように頭を振り、今は公務に集中すべく書類に目を通した。

そんなレヴィアスを、ドリューが物言いたげに見つめていた。


昼は公務をこなし、食事をとった後、夜はルークと共に塔に籠もる。それが今のレヴィアスの生活だった。塔の部屋に戻れば、ルークが待っている。

「おかえりなさいませ」

「……今戻った」

ルークはレヴィアスの世話も命じられているのか、脱がせた上着を丁寧に仕舞った。その手つきが思いのほか繊細で、レヴィアスは嫌でも昨夜の丁寧な愛撫を思い出してしまう。

「お前、食事は？」

「下で済ませました。この国は剣闘士の待遇もいいので、飯が美味《うま》いです」

エヴァレットの闘技場は国営なので、剣闘士の宿舎は王宮の敷地と隣接している。彼はその中の剣闘士専用の食堂を使ったのだろう。

ふと部屋の隅を見ると、彼が使っている大剣が目に入る。青銅色の鞘《さや》には流麗な紋が彫られていて、剣闘士などという無骨すぎる男の持つ剣にしては、ずいぶんと美しいものだと思った。

「あれはお前の剣か？」

レヴィアスの問いに、視線を追ったルークは頷く。

「そうです」

「立派なものだな」

「あれとはずいぶん長い間、共に旅をしてきました」

「抜いたところが見たい」

「……」

「触りはせぬ。大切なものだろう」

レヴィアスがそう言うと、ルークは小さく笑い、剣を持って戻ってきた。

「美しい鞘だな」

「お褒めいただき光栄です。しかし、俺にとってはこの中身のほうが大事です」

レヴィアスの目の前で、鞘から刀身が引き抜かれる。柄《つか》の部分に大きな紅玉が嵌《は》め込まれていた。それは血を吸ったように赤い。

そしてその刀身は閃光《せんこう》のような鋭さと岩のような重量感を備えていた。レヴィアスも剣士であるのでわかる。この剣は、相当な使い手でないと扱えない。

「……見事なものだな」

「恐れ入ります」

キン、と音がして、刀身が鞘にしまわれた。そして彼は剣をもう一度元の場所に置くと、レヴィアスの前に戻ってくる。

「この国に来るまで、何をしていたのだ?」

「あちこちを放浪しておりました。その間、魔物の討伐をしたり、賞金首を狩ったり」

「その話を聞きたいものだな。……だが、俺にはあまり時間がないようだ」

命の期限まで、あと半月を切っている。それまでにこの男を受け入れられるようにならなければならない。

「では今夜も?」

「……ああ、頼む」

またこの男に恥ずかしい姿を晒さねばならない。だがレヴィアスは屈辱を覆い隠し、平然とした表情を保ち続けた。そんなレヴィアスの内心を知ってか知らでか、ルークは手を伸ばし、冷たい印象を与える頬に触れてくる。

「……この国の民は、今頃幸福に眠り、酒を飲んだりしているのでしょうね。あなたの決死の覚悟など知りもせずに」

「それが俺の役目だ」

民が幸福であること。それ以上の望みはない。

レヴィアスがそう告げると、ルークはどこか皮肉げな笑みを浮かべて、熱い唇を重ねてきた。


「う……っ、ん、は、あ」

レヴィアスは激しく息を乱しながら、身の内から込み上げてくる感覚に耐えている。シーツの上に両手と両膝をつき、ルークの節くれ立った指を後ろから挿れられていた。今夜も後孔をたっぷりと舐められた後、指で中を広げられている。香油の助けもあり、そこはぬめりを伴いながら男の指を咥《くわ》え込んでいた。

「そう、上手に呑み込めていますね。……もう一本増やしましょう」

「ん、うっ、……くあ、ア……っ」

指を挿れられ、中の内壁を擦るように動かされると、腰が砕けてしまいそうな感覚に襲われた。香油で濡らされた肉洞はルークの指の動きにぐちゅぐちゅと音を立てる。燃えるような羞恥と快感がレヴィアスを包んだ。

「も……う……、いいだろう……っ」

後ろがこんな感覚を生み出すなんて、レヴィアスは初めて知った。丁寧に解され、濡らされた後孔は、たとえアルファでも充分に感じるのだと思い知らされる。

「まだ駄目です」

揃《そろ》えた二本の指で、肉洞を小刻みに擦られた。ぞくぞくっ、とえも言われぬ快楽が身体中を犯す。

「う、あ、あっ」

腕の力が抜け、レヴィアスの上体ががくりと落ちた。腰だけを高く上げ、ルークに差し出すような屈辱的な格好になってしまう。力の入らない指がシーツをかき毟《むし》った。

「だいぶ気持ちよくなってきましたか？」

「んん…ん、あっあっ、それは、やめ…っ」

二本の指を中で広げるようにされて虐《いじ》められる。頭の中が白く濁った。耐えきれずに額をシーツに擦りつけると、自分の脚の間からルークの下半身が見える。自身のものも苦しそうに張りつめて隆起していたが、彼のものも衣服の上からそれとわかるほどに勃起していた。彼はそんな状態でいるのに、レヴィアスに挿れたくならないのだろうか。

「んっ、んん、くっ！」

その瞬間、彼の指が我慢ならない場所に触れて、内奥から強い快感が湧き上がる。肉洞が二本の指をきゅうきゅうと締め上げ、勝手に痙攣を繰り返した。まだ後ろでイくのは慣れない。腹の中が煮えたぎってしまいそうになる。

「あ、だめ…だ、よせっ……！」

「覚えがいいですよ。ここで達することに慣れてください」

わかっている。オメガになれば、ここで男を受け入れることになる。わかっているのに、レヴィアスは黒髪を振り乱してかぶりを振った。

「仕方がないですね」

背後から苦笑するような気配がする。すると彼の指先が、レヴィアスの弱い場所を優しくくすぐるように動いた。

「は、ア、あ！」

喉が反り返る。腰骨が甘く痺れるような感覚がして、内部の指を強く締めつけた。

「ん、くう…あ、あ、あ――…っ！」

全身にぶわっ、と快感が広がる。そのあまりの強烈さに、レヴィアスは逆らえない。がくん、がくんと身体を震わせながら肉茎の先端から白蜜が噴き上がる。どうしようもない自分の無力さを感じながら、後ろでの絶頂を味わわされるのだった。


塔の窓辺に腰掛け、レヴィアスは夜空に浮かんだ丸い月を眺めていた。隣の部屋のベッドではルークが眠っていることだろう。

（未だ諦められないというのか）

アルファである自分に。

ルークはまだレヴィアスの首を噛もうとしない。いっそさっさと終わらせてくれれば、よけいなことを考えずに済むのに、こうして時間をかけられるとつらつらと思い惑ってしまう。

これまで、自分がアルファであることを何も疑いはしなかった。その生まれを当然のように思っていた。

ルークに触れられる毎に、自分の中の欲情を引きずり出される。このままアルファであり続けたら知らなかっただろう淫蕩《いんとう》な部分。まだルーク自身を受け入れないうちからこんなふうになるのでは、最後までする時にはいったいどんな状態になってしまうのだろうか。

（オメガになれば、発情期の度に思い知らされる）

レヴィアスは全身が震えてくるのを感じた。わななく手で口元を押さえる。途方もない心細さが襲ってきて、油断すると泣き言を漏らしてしまいそうだったからだ。

（しっかりしろ。父上との約束を思い出せ。自分の役目を）

「……っ」

細い吐息が唇から零れる。夜に一人取り残されたような世界で、レヴィアスはどうしていいかわからなかった。自分はもっと強い人間だと思っていたのに、それはただ王太子として周囲にお膳立てされていたものに過ぎなかったのだと思い知らされる。

今にも背中を丸めて蹲《うずくま》ってしまいそうになった時だった。後ろから温かい感触に包まれ、優しく抱きしめられる。

「――――っ」

「ご無礼を」

耳元に響く甘い声。それが誰なのか考えるまでもない。ここには彼以外にはいない。

「あなたが今にも泣き出しそうだったので」

「……っ、その、ようなことはない……っ」

そう答えるのがやっとだった。口では否定しながらも、前に回された男の腕を強く摑む。

「さようですか。では、俺が抱きしめたかったということで」

ルークは逃げ道を用意してくれた。レヴィアスは情けなさに唇を嚙んだが、背後から包んでくるぬくもりは気持ちを落ち着かせてくれた。震えが止まり、ゆっくりと顔を上げる。

「……自分の弱さに呆《あき》れていたところだ」

独白にも似た呟《つぶや》きに、彼は何も言わなかった。

「呪いから逃れ生き延びるためにはオメガにならないといけない。それは確かに己で納得したことなのに、今になって怖《お》じ気《け》づいている。俺はこの国の王で、そうしなければ国が危うくなるやもしれぬというのに」

レヴィアスは自嘲《じちょう》するように笑った。静かな声が、夜闇に溶けていく。

「情けない限りだ」

こんなふうに自分の負の部分を口に出したのは初めてだった。おそらくルークが、この国の者ではない異邦人だからこそ言えたことだろう。

「――――何も情けないことはありません。あなたは立派な王になる」

それまで黙っていたルークが、ふいに言葉を発した。

「恐怖に抗いながら、そこまで国のため民のために尽力するあなたが弱い存在であるわけがない。この国の人間は幸せ者です」

「……」

レヴィアスははっとした。まさかそんな言葉がもらえるとは思わなかった。

「そう……だろうか」

「俺が断言しても何にもならないでしょうが、保証しますよ」

レヴィアスは彼にそう言ってもらえるだけで、心の中に確かな支柱ができたような感じがした。

ルークは自分をオメガにするために選ばれた男。役目を終えれば、いずれ自分の前から消え去ってしまうのだろう。それでも。

それでも今、この男が側にいるというだけで、レヴィアスはこれまでにない安心感を得られた。

「……そういえば、お前はどうしてこの国に？　剣闘士として名を馳《は》せるためか？」

「目的があるのです。剣闘士はそのための手段です」

その目的とはなんだ、と問いたかったが、踏み込みすぎるような気がして、レヴィアスは聞くのをやめた。命じれば彼は話すかもしれないが、そんなことをしてまで聞きたくはない。

「それなら、こんなところで俺の事情につきあう暇などないのではないか」

「美しく気高いあなたと過ごすのも重要な目的ですよ」

うまいことを言うものだと思う。彼はきっとこんな色恋の場数など豊富に踏んできたのだろう。何度か肌を触れ合わせればわかる。積んできた経験が段違いだ。

(────もしこのまま、この男と番うことになったら)

レヴィアスはふと、オメガになった後のことを想像した。無事に変性が叶えば、いずれ相応のアルファと番い、子を儲《もう》けなくてはならない。跡継ぎはどうしても必要だからだ。

だが、もしもその相手がこの男だったら。

(────馬鹿なことを)

少し考えればわかりそうなものだ。ルークは命令でレヴィアスを抱いているに過ぎない。目的があるというのならなおのことだろう。

(そんなことを考えるだなどと、よほど気弱になっていたのだろうな)

覚悟はできていたつもりだった。だがこれまでのアルファとしての人生を完全に捨てねばならないというのは少し寂しい気がする。

(だが、受け入れなければならないことだ)

王族というのは、好き勝手に生きることは許されない。この身はすべて国に捧げられたもの。

物心つく頃からそう教えられ、レヴィアス自身もそうあるべきと思い生きてきた。今も、そしてこれからもそうだった。

その数日後、レヴィアスは執務中に倒れた。気がついた時は塔の中ではなく、私室のベッドの上だった。天蓋《てんがい》の布の向こうで、誰かが声を潜めて話しているのが聞こえる。一人はドリュー、もう一人は多分医師の誰かだろう。

「どうにもならないのか。何か治療法は」

「これが呪いのせいであるならば、私どもにはどうしようも――」

弱りきった医師の声。ドリューがため息をつく気配が伝わってくる。

「解呪できる魔道士は見つからないか」

「現在手を尽くして探しておりますが、まだ時間がかかるようで」

「間に合わんな。あと七日だぞ」

ドリューが珍しく苛立《いらだ》ちを露《あら》わにした声を出した。医師は恐縮したように謝罪すると、部屋を出ていったようだ。ドリューが天蓋布を引いて中に入ってきた時、レヴィアスが起きているのに気づいて少し驚いた顔をする。

「お目覚めになりましたか」

「……俺は、どうしたんだ」

「執務室で突然倒れられました。それから今まで、ずっとお眠りに」

「……呪いのせいか。いよいよ期限が迫ってきたというわけだな」

あと七日。それまでにオメガにならなければ、レヴィアスは死ぬ。そのことが実感として迫ってきた。

「だが解せないことがある。あの洞窟には、あんな死霊なぞこれまでいなかったはずだ」

レヴィアスは天蓋を見つめながら言った。

「何者かが、魔物を入れ替えたということですね」

ドリューの言葉にレヴィアスは無言で頷く。

「その点は私も不審に思っていましたので、現在調査させております。何かわかり次第お伝えいたします」

「さすがはドリューだ。仕事が早い」

「ええ。ですから、レヴィアス様も――」

「わかっている」

なんとしてもあと七日のうちに、オメガへの変性を果たさなくてはならない。

レヴィアスは静かに決意すると、そのまま目を閉じた。


「倒れられたと聞きましたが」

夜になって塔に戻ってきたレヴィアスに、ルークは気遣わしげに尋ねてきた。

「ああ。残すところ、あと七日だからな」

今のところ体調は悪くない。だが、次にいつどうなるかわからない。おそらく変性には著しい体力を使うことだろう。その余力が残っているうちに終えなければならない。

「……ひとつお伺いしたい」

「なんだ」

「あなた以外の王は、そんな呪いは受けていなかったのでしょう？」

「当然だ。父もその先代も、アルファのまま生涯を終えた」

「あなただけが」

「そうだ」

あの「王の間」を守る洞窟に仕掛けをされた可能性がある。それは昼間にドリューと話したことだった。

「誰かが故意に仕掛けた可能性は」

「ありえるかもしれないな」

王室に陰謀はつきものだ。自分が亡き者になって得する人間など、心当たりがありすぎるほどだ。それでもエヴァレットの王室は、その権威と忠誠によって、これまで平和を保ってきたのだ。

「ルーク、時間がない」

今、多少身体に無理をさせても、変性するしかない。ルークはしばし黙ってレヴィアスを見つめていたが、やがて重々しく口を開いた。

「少し荒療治になります」

「構わない」

あと七日でなんとしてもオメガへの変性を果たす。レヴィアスは夜着の上に羽織った長衣を落とした。密かな衣擦《きぬず》れの音がする。

「ルーク」

レヴィアスは男を呼んだ。微かに緊張を孕ませた声で、しかし、毅然《きぜん》と。

「そなたに伽《とぎ》を申しつける」

男の強い視線がレヴィアスを射貫いた。彼は卓の上の小さな木箱を開けると、そこからひとつの硝子の小瓶を取り出す。それが何かはもう知っていた。オメガのフェロモンが精製された香油。

「これを使えば、俺ももう止まることはできますまい」

「ああ」

互いにラット状態になれば、たとえレヴィアスが嫌だと叫ぼうとも彼は行為をやめられないと言っているのだ。

（そして俺はもうアルファでなくなる）

怖くないといえば嘘になる。けれどもう、これしか方法がないのだ。

怯える自分を振り切るように、レヴィアスは男に命じた。

「早くやれ」

「――承知しました」

ルークは木箱の中から小さな受け皿を取り出し、卓の上に置いた。そして瓶の蓋を開けると、その中身を小皿の上に移す。透明な、とろりとした液体が皿の上に広がった。それに伴い、ふわり、と花のような香りが広がる。重たく甘い匂《にお》い。

「――っ」

ひくっ、とレヴィアスの喉が震えた。全身の皮膚《ひふ》がざわっ、と騒ぎ立てるような感覚がしたと思うと、次の瞬間一気に身体が熱くなる。

（なんだ、これは）

これがオメガのフェロモンだというのか。

否応なしに肉体と心が高められていくような感覚に、レヴィアスはいっそ恐怖さえ覚えた。

「っ！」

突然、ルークが物も言わずにレヴィアスを押し倒してくる。剝《は》ぐように夜着を脱がされ、唇に噛みつくように口づけられた。

「んっ、ぐっ……！」

肉厚の熱い舌に、口の中をかき回すように舐め回される。口内の粘膜がひどく敏感になっていて、ぞろりと舐め上げられると背中が震えた。脚の間も痛いほどに昂《たか》ぶっている。だがそれはルークも同じだった。いきり立った彼のものがごりっ、と巨大な質量をレヴィァスに伝えてくる。

「今日は、これを、挿れます」

ルークは宣告するように告げた。

「まだ充分に馴らされていないかもしれない。多少苦しいかもしれませんが、必ず快楽は得られるはずです」

「い、い。すべて、お前に、任せる」

レヴィアスも乱れた息の下で返す。思考が霞《かす》み始めて、冷静に物を考えられない。

「んん、あっ…！」

胸に鋭い刺激を感じて、レヴィアスは声を上げた。ルークに乳首をしゃぶられ、強く弱く吸い上げられる。それはたちまち尖って、彼の舌で転がされた。責められているのは胸なのに、脚の間がずくん、ずくん、と疼《うず》く。思わず腰が浮いた。

「は、う、あっ、そこ、はっ…！　んん――――…っ」

じゅう、と音を立てて吸われ、レヴィアスは仰《の》け反《ぞ》る。胸の先が甘く痺れて、身体中へと広がっていった。

これまでもそこを愛撫されたことはあるが、こんな感覚は初めてだった。肉体の芯が燃えさかったように熱くなって、理性が熔《と》け崩れていく。

「あっ」

ルークの唇が徐々に下がっていった。同時に両脚を広げられ、次に何をされるのかわかってしまう。羞恥が込み上げてきた。だが、それすらも興奮へと変換されていく。

「んあっ…、ああ――――…っ」

脚の間でそそり立っていた屹立《きつりつ》を深く口に咥えられた。舌を絡められながら吸われると、灼けるような快感に襲われる。

「んあぁ…っ、あっ、ああああっ」

ルークは巧みだった。刺激に弱い肉茎を舌で擦られ、粘膜をねっとりと舐め上げられる。その度に立てた両膝ががくがくと震えた。たまらない快感が脳天まで突き上げて意識が白く染まる。

「は、う、んあぁあ、あっ！」

根元から先端を何度も舐められ、くびれのあたりをちろちろと舌先でくすぐられるともう駄目だった。レヴィアスは甘い声を上げ、身体をくねらせて悶《もだ》える。全身が発火しそうに熱い。

「……っんう、あっ！」

次の瞬間、新たな刺激がレヴィアスを襲う。ルークの指が後孔に挿入してきたのだ。前後を責められる濃密な愛戯《あいぎ》に耐えられず、レヴィアスの背が浮いた。

「あ…っ、は、んくうう…っ！」

「気持ちがいいですか？」

「や、うっ、ああっ、い、一緒…は…っ」

前と後ろを同時にされると、どう快楽を受け止めていいのかわからない。肉洞を穿《うが》つルークの指は、蠕動《ぜんどう》する内壁をゆっくりと押し開いていった。内部にいくつかある弱い場所を的確に捉え、執拗《しつよう》に押し潰してくる。

「あう…っ、う、あっあっ」

内奥から快感が込み上げてくる。それが前の刺激と混ざり合い、ひとつの塊となってレヴィアスを責め立てた。

「――あ、く、だ、だめだ…っ、もうっ」

「イってください。どうせ今夜は何度もイくことになる」

その言葉の後、肉茎をじゅううっ、と吸われ、中で指が小刻みに揺らされた。大きな波が限界を超える。

「ああぁっ、……ん、あ、ア――…っ！」

体内を絶頂が貫いた。レヴィアスははしたない声を上げ、全身を弓なりに反らして極める。ルークの口の中で白蜜が弾けた。

「う、あ、あ、あ……っ、も、も…うっ」

最初の絶頂からどれくらい経ったのだろう。レヴィアスはそれからも幾度もルークの指と舌によって果てさせられていた。身体中の感じる場所を余すところなく愛撫され、後ろを指で、あるいは舌で解されて。

肉体の内奥がきゅうきゅうと引き絞られるように蠢いている。そこをルークの指でかき回されると頭の中が煮えたぎるような快感が襲ってくるのだが、レヴィアスの肉体はもっと別のものを欲し始めていた。

もっと凶暴で、圧倒的なもの。

部屋の中はオメガのフェロモンによる香りで満たされている。時折身体に触れるルークの男根はこれ以上ないほどに勃起していて、血管すら浮かび上がらせていた。丹念にレヴィアスに愉悦を与える彼の額には汗が浮かんでおり、自らの欲求を耐えていることがわかる。

「も…っ、もう、いい…っ、来い…っ」

「……もう少し広げたほうがいいのでは？」

二本の指が中を捏《こ》ねる。柔らかくなった内部がひくひくと震え、快感に内股がわなないた。

「あっ、んんっ」

肉茎もルークの大きな掌に包まれ、卑猥な手つきで扱かれている。またイってしまいそうだった。このままだとみっともなく泣き出してしまいそうで、レヴィアスはとうとう彼に懇願《こんがん》する。

「い、いい、もう…っ、挿れて、くれ…っ！」

「御意」

畏《かしこ》まった返事が聞こえたかと思うと、レヴィアスは両脚を持ち上げられ、身体を折り畳まれるような格好をさせられた。そしてさんざん解された後ろの窄まりに、途方もなく熱いものが押し当てられる。

「――――っ」

レヴィアスの喉がひくっ、と震えた。来る。そう思った次の瞬間、肉環がこじ開けられ、凶器の先端が這入り込んできた。

「――――…っ、う、ア、あ…っ！」

レヴィアスの内部はこれまで慎重に準備を重ねられていて、後ろでも快楽を得られるようになっていた。ルークの指で、何度達したかわからない。だが今体内に這入ってこようとしているそれは、指とは比べものにならないほどの圧倒的な質量を誇っていた。入念な前戯のおかげで痛みこそなかったものの、圧迫感は否めない。

「――――呼吸を止めないでください。ゆっくりと息をして」

「……っは、っ、はあっ、ああ……っ！」

押し広げられていく異様な感覚。だがその中に、レヴィアスは確かな快楽を見つけていた。無意識にルークの広い背に縋《すが》りつくように腕を回す。そしてそれに応えるように、彼は一気に奥まで収まってしまった。

「ぐ……っ」

「んうう……っ！」

びく、びくとわななく身体を抱きしめられる。内部でルークのものが脈打っているのがわかった。この男が今、自分の中にいる。そう思うと胸がかき乱されるような感じがした。

「……達してしまいましたか？」

そう言われて、レヴィアスは自分が挿入の衝撃で極めてしまったことに気づく。羞恥に横を向くと、彼は優しくこめかみに口づけてきた。

「動きます。きついようでしたらおっしゃってください」

「……ああ」

頷くと、ルークは軽く腰を揺すってきた。ぐん、と中を突かれ、そこからじわりと快感が滲み出てくる。

「あう…うっ、っ、く、あ……っ」

「……どんな感じですか？」

「き、聞く…な……っ」

圧迫感はまだあった。だが今はそれよりも、快楽のほうが大きくなっている。オメガでなくともこんな大きなものを受け入れられるなんて、ルークが入念に準備を施したおかげだな、と思った。

「大丈夫そうですね」

今度はもう少し、突き上げる動きが強くなる。

「ああっ」

脳がびりびりと痺れるような感覚がした。快感が突き抜けていく。ルークの怒張で内壁を擦られると身体の深いところから泣きたくなるような気持ちよさが込み上げてくるのだ。全身が炎に包まれたように熱い。そしてそれは、レヴィアスを犯しているルークも同じだった。

「っ、あっ、うあ、ああっ」

「……っ、くっ…」

レヴィアスの高い声と、ルークの低い呻きが重なる。彼の律動は次第に大きくなっていって、レヴィアスを鳴かせた。彼ももはや、自身の欲望を抑えることが難しいようだった。

「ああ――――あっ！」

熱い。もう何も考えられない。

ルークはレヴィアスをベッドに縫い止め、好き勝手に腰を動かしている。互いの限界はもうすぐそこに見えていた。

（来る）

彼の顔がレヴィアスの首筋に埋まる。とうとうやってきたその瞬間に、思わず身体が強張った。本能からなのか、ルークの身体を押しのけようと腕が動く。だが体格と膂力《りょりょく》で遙かに上回る彼に、そんな儚《はかな》い抵抗は無駄なのだ。

大きな口がレヴィアスの首筋に歯を立てる。そしてその犬歯が、強く皮膚に食い込んだ。

「────あ！」

雷《かみなり》に打たれたような感覚が全身に走る。その衝撃は快楽を伴っていて、レヴィアスは身体を波打たせながら絶頂に達した。肉洞の中のルークのものを強く締めつける。

「ぐっ……！」

レヴィアスの上で、彼はぶるっ、と身体を震わせた。ルークの熱い迸《ほとばし》りを内奥に受ける。細胞が書き換わるような感覚に耐えきれず悲鳴を上げた。

自分が自分でなくなるような、嵐の中に一人投げ出されたような感覚。身体がバラバラになり、一から再構築されていく。

アルファからオメガへと変わっていく。支配する種から、支配される種へ。

どこか無力感にも似た思いを抱きながら、レヴィアスはその意識を手放していった。


「────レヴィアス様」

軽く頬を叩かれる感触に、レヴィアスは眉を顰めた。沈んだ意識がゆっくりと浮上し、外界から聞こえる声を耳に聞く。睫《まつげ》を震わせて瞼《まぶた》を開くと、滲んだ視界の中に見知った男の顔があった。

「……ルーク」

「気がつかれましたか」

まだ夜は明けていない。自分が気を失っていたのは、そう長い間ではなかったらしい。

「……首尾は」

「済みました」

「俺は……、変わったのか。オメガに」

そう尋ねると、ルークは少し困ったような顔で笑った。

「匂いが変わりました」

それはレヴィアスがオメガのフェロモンを放ち始めたということだろう。変性は成功したのだ。

「……そうか」

なんだか奇妙な気分だった。レヴィアスという人間の中身そのものは変わりないというのに、構成する要素が入れ替わってしまったような。

「ご苦労だった。手間をかけさせたな」

そう言って、レヴィアスは起き上がろうとした。だが。

「――――っ、⁉」

自身の状態に気づき、瞠目《どうもく》する。まだルークが内部にいる。自分達は繋《つな》がったままなのだ。

「ぬ、抜け、もうっ……」

「まだ、確かめてみなくてはなりますまい」

「ん、んうっ！」

ルークが腰を揺らした時、ぐちゅん、という音がした。奥のほうから蕩けるような感覚がする。続いて何度か突き上げられて、レヴィアスは甘ったるい声を上げた。

「んんあぁっ、ああ、んん……っ」

「……自ら濡れてくるようになられましたね」

そう言われて、レヴィアスは目を見張った。この、くちょ、くちゅ、という卑猥な音は、自分の身体が出している音なのだ。

「オメガは男を受け入れるために、女のように潤《うるお》います。そして行為を拒めず、自ら欲しがるようになる」

「な、あ…あっ、ふう、ぅんっ…！」

鼻にかかるような媚びた声。先ほどまでアルファだったレヴィアスだが、その時も確かにこの行為で快楽を得ていた。だが、今オメガとなった身で感じるものはまるで違う。

快楽が心までも蕩かしていく。この感覚には絶対に勝てない。少しでも性的な刺激を受ければ、この身体と心はすぐに屈服してしまうだろう。それが本能として理解できた。

ずろろ…っと男根が引き抜かれ、背筋にぞくぞくと官能の波が走る。

「ああっ、ああっ」

入り口近くまで引かれ、レヴィアスの腰が浮いた。抜かないで欲しい。もっとめちゃくちゃにして欲しい、と肉体が訴えている。

「抜きませんよ。また奥まで挿れて差し上げます。……そらっ」

ルークは一気に腰を沈めてきた。巨根が根元まで挿入される。これまで受け入れたことのない奥まで貫かれて、レヴィアスは下肢をがくがくと痙攣させた。

「んあああぁああ」

気持ちがいい。悦くてたまらない。レヴィアスは自分から無意識に腰を揺らし、その快感をもっと味わおうとした。

「こ、こんなっ……、こ、んなっ」

信じられない。まさかこれほどとは。自分の肉体のあまりの変化を、レヴィアスはまだ受け止めきれないでいた。

「よく、味わってください。あなたはもはやオメガなのだと」

「ふ、ああ…っ、あああぁあ――〜っ」

内奥から溢《あふ》れてくる潤沢な愛液で、ルークが動く度に繋ぎ目からじゅぽじゅぽという音が響く。

レヴィアスは秀麗な顔を歓喜に歪ませ、心までも侵されてゆく悦楽に身を委ねるしかなかった。

「こちらをお飲みください。抑制薬になります」

執務室の机の上に、小さな皿に載せられた丸薬があった。ドリューが水差しからゴブレットに水を注ぐ。レヴィアスは丸薬を手に乗せると口に含み、手渡された水で喉に流し込んだ。

「――これで、フェロモンが周囲に漏れなくなるのか」

「そのはずです」

一夜明け、レヴィアスはドリューにオメガへの変性を果たしたことを告げた。すると彼はどこからか二種類の丸薬を持ってきた。ひとつは発情した時のための薬。もうひとつは今飲んだ、オメガのフェロモンを抑制するための薬だ。

「こうして見た感じはお変わりないように思えるのですが……。本当にオメガになられたのですね」

「ああ。ルークは匂いが変わったと言っていた」

「私はベータですのでわかりかねますが……」

ドリューはレヴィアスを複雑そうに見つめる。彼のその気持ちはよくわかった。こうして抑制薬を飲んでも、一夜明けて素面《しらふ》に戻れば、昨夜のことは夢だったのではないかと思うほどだ。

「この件はできるだけ内密にしておけ。知らせるのも最低限の人間にだけだ」

「心得ております」

ドリューは神妙に頷いた。

「念のため、一月《ひとつき》が過ぎるのを待ってから戴冠式を執り行う」

「承知いたしました」

「それから――、何かわかったか」

王の証しの洞窟に呪いを放つ死霊を配した者。それが何者かを突き止めるのは、急務でもあった。

「いいえ、残念ながら――」

恐縮したように答えるドリューに、レヴィアスはそうか、と答える。

「引き続き調査を行います」

「そうしてくれ」

ドリューは御意、と頭を下げた。

呪いを避けるためにレヴィアスがオメガに変性した。そのことは、城の中でもごく限られた者だけに伝えられた。いわゆるエヴァレットの重鎮達だ。

レヴィアスは抑制薬を服用し、それまでと変わらないように振る舞った。たとえ変性したとしても自分は自分、レヴィアスであることに変わりはない。そう思っていた。

だが、知らされたほうはそうは受け止めないらしい。

会議の時などに、自分を見る重鎮達の目がどことなく違うことに気づく。どこがどう、とは説明できないが、視線の粘度のようなものだ。レヴィアスも以前はそんなことは気にも止めなかった。立場上注目されることには慣れている。だからどんな視線も、平然と受け流していたのに。

――これもオメガの特性ゆえか。

仕方のないことだと、レヴィアスは小さく苦笑する。

――オメガは、いつもこのような視線を向けられていたのか。

レヴィアスはこれまで、弱者といわれる者の存在のことも考えているつもりでいた。その中にはオメガも含まれる。この国ではオメガは決して冷遇などされていない。彼らを性奴隷として売買することも禁じている。

だが、普段彼らがどんな目で見られているかまでは、レヴィアスは知らなかった。いや、知ろうともしなかったのだろう。

（傲慢《ごうまん》だったな）

彼らは本能に支配される。レヴィアスも、あの時のルークとの行為で、それを嫌というほど思い知った。理性ではどうにもならないあの感覚。

――ルーク。

レヴィアスがオメガになったことで、もう塔に通う必要はなくなった。あれ以来、彼とは会っていない。

「――」

レヴィアスは廊下を歩いている途中で足を止めた。胸の中がざわざわと鳴っている。

――あの男が。

ルークはレヴィアスの番ではない。それはいずれ、しかるべき国のアルファが務めることだろう。ルークはただレヴィアスをオメガにしたに過ぎない。ただそれだけなのに、彼はレヴィアスの中に大きな痕を残していった。

（それは無理もないことだ。何しろ、あんな体験は初めてだったのだから）

だから忘れられなくとも仕方がない――。そんなふうに自分に言い聞かせる。

（彼は、どうしているだろうか）

大きく開かれた窓から屋外を眺め、そんなことを思った。

あの洞窟で呪いを受けた日から、ちょうど一月《ひとつき》が経とうとしていた。


その日の試合は急な天覧試合となり、観客も一層沸いた。

レヴィアスは貴賓席《きひんせき》に座り闘技場を見下ろす。するとすぐに、闘技場の責任者が飛んできた。

「これは殿下。急なお越しで」

天覧試合は本来事前に予定され、それに応じたカードが組まれる。今日のようにふいに王族が試合を見に来ることは、おそらく初めてのことだろう。

「急にすまないな。構わなくていい」

「は……、しかしお珍しい。誰ぞご関心のある剣闘士でもいらっしゃるのでしょうか」

「……ここで一番強い男だ」

男は得心がいったように頷いた。

「ルークでしょうか。なるほど、あの剣闘士の強さが殿下のお耳にまで届いたということですな」

「そんなところだ」

「では、本日ルークが勝ちましたら、ご挨拶《あいさつ》に向かわせましょう」

この男は知る由もない。自分とその剣闘士は、少し前まで何度もまぐわっていたということなど。

責任者が下がり、しばらくすると、試合が始まった。今日の試合は七つ。一番低いランクから始まる。試合場に出てきた剣闘士達を、レヴィアスは退屈を堪えて眺める。どの対戦も盛り上がっていたが、それはレヴィアスの興味を引くものではなかった。

そして最終カード。試合場に出てくる剣闘士を、レヴィアスは固唾《かたず》を呑んで見つめた。最初に出てきたのは遠目からでもわかるほどの大男だった。盛り上がった筋肉が岩山を連想させる。男はザックという名前で、ルークに挑戦するためにこの国にやってきたらしい。手にした巨大な鋸《のこぎり》のような得物を振りかざし、咆哮《ほうこう》を上げる。

そして反対側の入場口が開いた時、闘技場が割れんばかりの歓声に包まれた。

堂々たる足取りで現れたのは、金色の髪に赤銅色の肌の男。鋼のような筋肉は、だが美しく肉体を覆っている。

「今日も頼むぜールークー!」

「待ってました!」

「ルーク様ー!」

歓声の中には黄色い声も交ざっていた。彼らは口々に歓喜の声を上げている。ほとんどの者はルークの勝利を確信しているようだったが、中には違う意図のものも含まれている。

「いつもあいつばっかり勝ってておもしろくねえや、たまには負けちまえ！」

「ザック、やっちまえ！」

ルークがいつも勝ちを収めてしまうので、つまらなく思う者もいるらしい。挑戦者のザックの得物は太陽の光を反射して鈍く光った。あれを叩きつけられたら、大怪我では済まないだろう。

エヴァレットの闘技場では殺すまで戦うことは禁止しているが、仮にうっかり殺してしまっても罪には問われない。

「……」

焦燥感《しょうそうかん》を抑えつつ、レヴィアスは組んだ脚を組み替えた。するとふいにルークがこちらを振り仰ぐ。彼は貴賓席のレヴィアスを見上げると、優雅とすらいえる仕草で礼をとった。挑戦者のザックも慌ててそれに習う。

やがて試合開始の銅鑼《どら》が鳴った。ザックは距離を取ろうともせず、ただちにルークへ斬りかかる。巨体の割に素早い動きだった。だがその武器がルークに振り下ろされる寸前、彼は自分の剣でそれを弾いた。余裕のある動きだった。ギイン、と刃物同士がぶつかり合う音がする。

ザックは躱《かわ》されることを予測していたようで、連撃を繰り出した。それらのすべてをルークは受け流し、時には攻撃に打って出る。だがそれもザックは巨大な鋸で受け止めた。

「おい、あんなでかい武器にはいくらルークでも攻撃が効かねえんじゃねえのか」

「今回ばかりはヤバいか？」

そんな声が聞こえてくる。レヴィアスの目にも、ルークは押されているように見えた。

――負けるはずがない。あの男が。

そう思っていても、巨大な鋸が振り回される度に、胸の奥がはらはらとする。

（何故後ろに下がっているのだ。さっさと倒さないか）

そんな苛立ちさえ湧き上がってくる。その時、ザックの攻撃を弾こうとしたルークの身体がぐらりと傾《かし》ぐ。バランスを崩したのだ。場内から悲鳴が上がる。レヴィアスも思わず身を乗り出す。

「っ！」

だが次の瞬間、ルークは地面で素早く転がったかと思うと、剣でザックの足に斬りつけた。悲鳴を上げて倒れたのはザックのほうだった。ルークは起き上がり、ザックの胸板を踏みつけ、その首に剣を突きつける。ザックは得物から手を離して両手を上げ、降参の意を示した。今度は場内から興奮と熱狂を孕んだ歓声が上がる。ルークはそれに応え、剣を高々と掲げた。

「やりやがった！　また勝ちやがったぜ！」

「押されているように見せて一撃逆転とは、見せ方を心得てやがる」

「強すぎるぜ、あいつは！」

負傷したザックが係に引きずられるようにして退場していく。そんな中で、人々の熱烈な賛辞を受けながら、剣を下ろしたルークは飄々《ひょうひょう》としてそこに立っていた。雄としての美点をすべて備えたその姿。

「……っ」

その時、レヴィアスの内奥で何かがずくん、と疼いた。覚えのあるその感覚に、肘掛《ひじか》けを握った指に力を込める。熱いため息が唇から漏れた。

レヴィアスはこの時、ルークの強さに幾晩も過ごした夜のことを思い返し、身体を疼かせてしまったのだ。強靱《きょうじん》で優秀なアルファを前にした時のオメガの本能だ。おそらく今、この闘技場に番のいないオメガがいたとしたら、同じ状態になっているのだろう。

――浅ましいことだ。

自身の肉体のはしたなさに、レヴィアスは自嘲の小さな笑みを浮かべた。これがオメガというものか。

「失礼致します」

その時、貴賓席の入り口から先ほどの責任者の男が声をかけてきた。

「先ほどの試合で勝者となったルークが参りました。ご挨拶に伺わせていただいてよろしいでしょうか」

「────ああ」

レヴィアスは努《つと》めて平静な声を出した。自身の感情を人前で見せないことには慣れているつもりだ。案の定男は気づかず、ご無礼のないようにな、と話している声が聞こえてくる。そしてややあって、ルークが入ってきた。戦いの直後の闘気がまだ治まっておらず、それがレヴィアスの胸を甘苦しくさせる。

「試合をご覧頂き、光栄の至り」

彼はレヴィアスの前に跪《ひざまず》くと、恭《うやうや》しく頭《こうべ》を垂れて言った。

「殿下に勝利を捧げることが出来、嬉しく思います」

「見事だった。これからも励むといい。後ほど褒美をとらせよう」

「恐悦至極」

ルークは再び頭を下げた。形式張った挨拶はそれで終わる、はずだった。だがルークはふいに手を伸ばし、レヴィアスのマントに触れてくる。思わず身体が強張った。

「……褒美をいただけるのであれば、今宵《こよい》御寝所に侍《はべ》ってもよろしいか」

レヴィアスにしか聞こえないような、密やかな声。喉がひくりと震えた。彼はじっとレヴィアスを見上げ、返事を待っている。胸の内で鼓動が駆け足をしていた。

「……許す」

それだけを告げるのが精いっぱいだった。彼はそんなレヴィアスに向かってにやりと笑うと、手にしたマントの端にそっと口づける。それだけで、まるで敏感な場所にされたように身体がびくりと震えた。

「――――では、今宵」

そう言い残して彼は貴賓席を出ていく。失礼はなかっただろうな、と責任者が言っている声が聞こえた。レヴィアスは手袋を嵌めた手で頬を押さえ、赤くなっているだろうそれが治まるのを待った。

「昼間の試合、わざと押されている振りをしていただろう」

夜になって寝所を訪れたルークに、レヴィアスは問いただすように告げる。彼は苦笑すると恭順を示すように目を伏せて答えた。

「すぐに終わってしまっては観客もつまらない。ああいう試合運びがうけるのです」

「充分な実力差がなくてはできないことだな」

彼は強い。いったいどこでどんな修行をしたらあんな強さが身につくのだろうか。

「お褒めに預かり光栄です」

ルークは穏やかな笑みを浮かべる。そして空気の匂いを嗅《か》ぐようにくん、と鼻を鳴らした。

「匂いが薄くなっていますね」

「薬を飲んだ」

「なるほど。しかし、大変好ましい香りだ。花びらを甘い蜜で煮詰めたような、官能的な香りです」

ルークはベッドの端に座っているレヴィアスに近づくと、肩を掴んでそっと押し倒した。

「こんなふうに、いたいけに組み伏せられてしまうのもお可愛らしい」

「……っ」

レヴィアスは口惜しそうに横を向く。自分とて腕には覚えがある。それなのに、この男を前にするとまったく力が入らなかった。身体の力がまるで砂のようにさらさらと流れていってしまう。

「昼間、俺を見て興奮していたでしょう」

「！」

見透かされてしまい、びくりと身体が竦む。知られてしまっていたのだ。自分が彼を見て、身体の奥を疼かせていたことを。

「な、何、を……っ」

否定しようとすると、彼の怒張がごりっ、と下半身に擦りつけられた。下腹がきゅううっ、と収縮して、思わず甘い声が上がる。

「んあっ」

「ですから、今宵は思う存分これを味わっていただこうかと」

覚えている。あの夜の、奥まで突き上げた時の快感を。体内をいっぱいにされた時の充足感を。

「あ、あ…っ、あ、あ、あ」

薄い夜着の布越しに互いのものが擦り合わされる。ぐっ、ぐっ、と上から押しつけられたかと思うと小刻みに揺すられ、脚の間が熔けていくかと思った。

「あう、うう…っ、よ、よ、せ……っ」

「どうしてですか？　気持ちいいでしょう？」

違う、とは言えなかった。布越しに刺激を与えられているだけで、抗うことができなくなっていく。先端から愛液を滲ませ、下帯が濡れていく。

「んぁう、んんっ！」

そして夜着の上から胸の突起を探り当てられ、摘ままれた。布越しにカリカリと引っかくように刺激されると、もう我慢できない。レヴィアスは身体を大きく仰け反らせて喘いだ。

「どこもかしこも敏感になっている。あなたはもうほんの少しの愛撫にも耐えられない」

「ふあっ、そ、そ…れ、や、よせ、あ、あ……っ！」

握りしめたシーツに大きく皺《しわ》が寄る。次の瞬間、レヴィアスははしたなく腰を振り立てながら絶頂に達してしまった。下帯の中に白蜜を噴き上げる。

「んあ――――……っ！」

思考が白く弾け飛んだ。がくがくと全身を震わせながら極みを味わう。身体が浮くような感覚に、目尻に涙が浮かんだ。

「もう果ててしまわれたか」

ルークの手が夜着の前を開く。ぐっしょりと濡れた下帯の隙間《すきま》から、白蜜がとろとろと溢れていた。彼の手が、その下帯を解いていく。

「あ、あ……っ」

まだ余韻が収まらない中で、イったばかりの恥ずかしい場所を見られてしまう。その羞恥にレヴィアスの肌が細かく震えた。

「たくさん出されたんですね」

「み、みるな……っ」

それだけ言うのがやっとだった。だがルークはお構いなしに舌を伸ばし、濡れた脚の付け根を舐め上げる。

「ふあ、あっ」

布の上からもそこを舐められ、もどかしくて仕方がなかった。腰を浮かして訴えかけるのに、ルークは焦《じ》らしているのか、なかなか直接舐めてくれない。

「……弄《もてあそ》ぶな…っ」

「心外な」

ルークは小さく笑うと、レヴィアスの下帯を解いた。濡れた秘所が外気に触れ、その心許なさと羞恥にきつく目を閉じる。

「俺は今夜、あなたを喜ばせる権利を得たと思っているのに」

「……っんん、あああ……っ！」

達したばかりの肉茎を咥えられ、ねっとりと舌が絡んできた。腰が抜けそうな強烈な快感を堪えることができず、レヴィアスの背が大きく反り返る。肉厚の熱い舌で裏筋を擦り上げられると、両脚ががくがくと震えるほどに感じ入った。

「ああっ、あっ、あっ、……くぁあああ…っ、あ、そんなに…っ、吸う、な、あ…っ」

強弱をつけながら吸われると、気が遠くなりそうになる。

「この、先のところを吸われるのが、お好きでしょう」

先端部分を意地悪くしゃぶられた。割れ目のあたりをくすぐるように舐め上げられ、小さな蜜口を吸い上げられると、腰の痙攣が止まらなくなる。

「あ、ひ…っ！　あっ、あっ……！　んあぁ……～っ」

オメガになって、明らかに我慢が効かなくなっていた。以前もこの男の手管に翻弄《ほんろう》されてはいたが、それでもまだどうにか自分の肉体をぎりぎり制御下に置くことができた。けれど今は、あまりにも容易く快楽に屈服してしまう。それどころか、もっともっとと、ねだるように全身で男を欲しがっている。声を耐えることも、少しもできない。

（これがオメガの本能か）

だとしたら、レヴィアスはオメガという存在を侮《あなど》っていた。そのことを今更思い知らされ、恐怖すら感じた。

「も…っ、も、う、だめだ……っ、これ以上……っ」

達してしまう、ということを暗に伝えようとした。だが。

「イく、とおっしゃってください」

「な……っ」

直接的な、卑猥な言葉を使うことを強《し》いられて、レヴィアスは動揺した。

「今のあなたならできるはずです。さあ」

「……っ、ふっ、ん…っ」

嫌だ、とレヴィアスはかぶりを振る。そんなことが自分にできるはずもない。王族として生まれて、これまで屈辱的なことなどただの一度もされたことのない自分が。

だが、そのことに興奮している自分もまたそこにいる。レヴィアスはそれに気づいていた。

自分は確かに変わってしまった。今の自分はアルファを誘う香気を放ち、淫蕩な性質を持つオメガなのだ。

「んうっ」

肉茎の根元を押さえつけられ、吐精を封じられる。

「言えなければずっとこのままです。一晩中ここを舐めていても俺は構いませんが」

そう言って先端をちろちろと舐め回された。ぞくぞくと背中を這い上がる快感に、レヴィアスは音を上げてしまう。

「……っ、い、かせて、くれっ……」

とても言えないと思っていたが、口を開いた時その言葉を放ってしまっていた。それと同時に、全身に走る快感に思わず身悶えてしまう。感じているのだ。いやらしい言葉を口走ったことに。

「承知致しました」

ルークはもったいぶったような丁寧な言葉で答え、それからレヴィアスのものを握る。そのまま口に咥えられてきつく舌を絡められて、脳髄が灼き切れてしまいそうな快感に襲われた。

「あっあっ、……っんあぁあぁあ……っ！」

声を我慢できない。快楽に対する耐性が恐ろしく低くなっている。強烈な絶頂に下肢を痙攣させながら自分の嬌声を聞いた。

(こ、んな……っ！)

こんなのは自分ではない。だが、これが今の自分なのだ。思い知ってしまったレヴィアスは惑乱し、それでも恍惚《こうこつ》となる。

力が入らない手脚をベッドに投げ出していると、両脚を抱え上げられ、大きく広げられた。

「っ」

奥の入り口に熱い怒張が押しつけられる。それは先日味わったルークのものだ。先端が肉環にめり込んだ時、そこにじわりと快感が滲む。くう、と喉が鳴った。

「香油も使っていないのに濡れていますよ」

ルークが男根の先端を押しつける度に、その場所からくちゅ、くちゅと卑猥な音が響く。オメガは自ら濡れるのだ。

「は、はしたない、ことを…っ、あ…っ、する、な…っ」

ルークが自身を押しつけてくる毎に、腹の中が疼く。早くこれを挿れて欲しいのに、彼はほんの入り口だけを刺激してはまた離してしまう。もどかしさにレヴィアスの腰が浮いた。

「意地が、悪いぞ……っ」

「申し訳ありません。俺を欲しがるあなたを、いつまでも見ていたいので」

そんなことをされたらたまったものではない。レヴィアスは抱え上げられた足先で抗議するようにルークの背中を叩いた。剣闘士である彼にはいっこうに応《こた》えないとわかってはいたが。

「ルークっ……！」

耐えきれずに彼の名を呼ぶ。その時だった。ぬぐ、と肉環がこじ開けられ、長大な砲身が捻じ込まれる。

「んん、く、んうぅぁああ……っ！」

内壁を擦りながら這入ってくる男根は、レヴィアスに強烈な快感と充足感をもたらした。欲しがっている場所に望みのものを与えられ満たされる感覚。多幸感にも似たものが全身を包み、目尻に涙が浮かぶ。

「あ…っ、あ…っ、あっ！　〜〜〜っ！」

耐えられず、レヴィアスは挿入の刺激だけで極めた。強く締めつけると彼の脈動をどくどくと感じて、ますます感じ入ってしまう。

「……っあまり強く締められますとちぎれてしまいそうです」

どこか笑いを含んだような、切羽詰まったルークの声。

「ぅあ、あ、い、イって……っ、達して、いる、から……っ」

挿入は終わっておらず、剛直はまだずぶずぶと奥へ進んでくる。たまったものではなくて、レヴィアスはろくに力の入らない両腕で彼の身体を押しやろうとした。だがそれは、儚い抵抗でしかない。

「ああっ」

「可愛らしいことをなさいますな」

レヴィアスの両腕は容易くシーツに縫い止められ、ずん、と軽く突き上げられる。腹の奥から湧き出る快楽が高い嬌声を上げさせた。ルークの先端で奥の壁を叩かれる度、愉悦が身体中に広がっていく。

「あう、あ、あ――……っ、ア、い、いい……っ」

「それがオメガの快楽ですよ。どこまでも欲しくなるでしょう?」

ルークの言う通りだった。脳天まで突き抜けるような強烈な愉悦を、レヴィアスの肉体は貪欲に呑み込んでいる。無意識に腰が揺れ、尻が振り立てられた。思考がかき乱されて、何も考えられなくなる。

「はっ、ああっ、……あっ、そこ、突くな…っ、んん、んあぁあっ」

「ここが弱いのですね」

「ああっ！　あっ！」

感じやすい場所を執拗に責められ、レヴィアスはかぶりを振って悶えた。自分がまるで一匹の淫獣にでもなったようだった。こんなにはしたなくてはいけない、と理性が訴えているのに、身体も心もまるで言うことを聞かない。もっと虐められたい、もっと責められたい、と全身が訴えていた。

「気持ちがいいですか……？」

どちゅ、どちゅ、と重く打ちつけられ、レヴィアスの両脚がわななく。腹の奥が蕩けそうだった。

「あ、ああっ、い、いい……っ」

「ここは？」

「ああっ、あ――……っ！」

探るように中をかき回され、自分でも知らなかった快感を思い知らされる。ルークの先端が特に我慢ならないところを探り当てる度に、レヴィアスは甘い絶頂に達した。

「んうう――…っ、あ、そんな、ところ…っ」

「あなたが感じる場所を、俺がすべて探して差し上げる」

そんなことはしないで欲しい。駄目になってしまう。けれどこの快楽に抗うことは、レヴィアスにはもうできなかった。目の前の逞しい肉体に縋りつき、その腰にしなやかな脚を絡める。

ルークの全身から発せられるフェロモンがレヴィアスを酔わせていた。

「ひ…ぃ、あ、あ、ああっ、――――〜っ！」

何度目かの絶頂の時、レヴィアスは背中を大きく反らしてびくびくとわなないた。それと同時に内奥に熱い飛沫が叩きつけられる。ルークが中で吐精したのだ。体内を濡らされる感覚にすら感じてしまって、彼の腕に爪を立てる。

「んん、ん――んっ」

すると熱い唇に口を塞がれた。達しながら強く舌を吸われて甘苦しい感覚に意識が遠くなる。

「……っは」

口が離れても名残惜《なごりお》しげに舌先を絡ませ合った。ルークのものはまだレヴィアスの中にいて、脈動を伝えてくる。それがゆるり、と再び動き出した。

「ん、うあっ……」

また、身体の奥から快感が込み上げてくる。

「もう少しつきあっていただきましょうか」

「あ、はっ、ああっ、む、むり、だっ……」

これ以上の快楽には耐えられそうにない。そう思っていたのに、また体内を突かれ、それに合わせるように腰が動く。

「あなたは素敵だ。レヴィアス様……」

「ル、ルーク、あっ、あっ……！」

彼が腰を使う度に、中で出された精が攪拌《かくはん》され、ぬちゃ、ぬちゃ、と卑猥な音が響いた。それが恥ずかしくて仕方がない。

「……聞こえますか？　俺の出したものと、あなたの愛液とが混ざり合った音です」

「あ、やっ、よせっ……！」

そんなことを言うな、とレヴィアスは抵抗した。だが、よけいに深く中を穿たれてしまう。

「んあああ……っ」

頭がくらくらする。気持ちいい。身体が内側から熔けてしまいそうだ。もっとして欲しい、といつしか自分から腰を揺らしてしまっていた。滲んだ視界の中で、ルークが困ったように苦笑する顔が見える。

「これでは、あなたを離せませんよ、レヴィアス様……」

ルークの動きがまた激しくなり、大胆に貪《むさぼ》られた。レヴィアスはそれを拒むこともできず、快楽と熱に流される。それは屈辱ではあったが、とてつもなく甘い快楽だった。

その日の午前中には会議が入っていたので、レヴィアスは重い身体をベッドから起こし、側仕えの手を借りながら支度をしていた。

ルークは日が昇る前に寝室を辞している。明らかに情事の余韻を漂わせている主人に対し、年若い側仕えは何も言わなかった。彼にはレヴィアスがオメガになったことは告げられている。それを聞いた彼は、たとえ殺されても誰にも言わないと誓った。

湯を使って身体を清めるとだいぶ頭がすっきりした。少々寝不足で、身体の節々に鈍い違和感が残るがこれは仕方がない。上着を羽織ったところで、ドリューが入ってきた。

「おはようございます、レヴィアス様。お支度は整っていらっしゃいますか」

「ああ」

ドリューと入れ違いに側仕えは部屋を出ていく。

「昨夜は、あの剣闘士をお呼びになったのですか」

「いけなかったか」

「そうは申しませんが……」

といいつつ、ドリューは何か物言いたげだった。

「なんだ、はっきり言え」

「では申し上げますが、ほどほどになさいませ。あの男はあくまでビッチングの相手に過ぎず、レヴィアス様の番ではありませぬ」

「……わかっている」

今のレヴィアスの立ち位置は微妙なところにある。死の呪いから逃れるためにオメガになったが、それで終わりではなく、次はオメガの王として即位し、世継ぎの子を儲けなければならない。

レヴィアスの夫になる男は、しかるべき血筋の者が選ばれるだろう。

それ故ドリューは、ルークにあまり入れ込むなと言っているのだ。

「俺も自分の立場はわかっているつもりだ」

「そうであれば何も言いますまい。愛人になさるのなら問題はないと思います」

愛人か。

レヴィアスはマントを羽織った。それを整えながら、ドリューが言う。

「ともかく、当面の課題は戴冠式を無事に行うことです。結婚相手を選定するのはその後で」

「そうだな」

今日の会議も、そのことが議題の中心となっていた。今後、レヴィアスはいよいよこの国の王となる。亡き父に恥ずかしくないよう、立派な君主にならねばならない。

会議場に入ると、集まっていた重臣や幹部クラスの役員達がいっせいに立ち上がってレヴィアスを迎える。それに軽く頷き、席についた。

「皆、ご苦労。この先行われる戴冠式は重要な儀式だ。ぜひとも成功させなければならない」

レヴィアスの言葉に、この場にいる者達は重々しく頷く。

「儀式の手順は決まっております。今一度確認し、間違いのないように行いましょう」

「王冠や王笏《おうしゃく》の手配もぬかりなくな」

「御衣装は殿下に合わせて少し改めねばなりませんな」

その場に次々と意見が飛び交う。レヴィアスは皆の意見を聞きながら、あることが頭から離れないでいた。それはもちろん、試練の洞窟に仕掛けをした者の存在だ。だがこの事は秘密裏に調べさせているために、ここで口にはできないだろう。

会議は滞りなく済み、戴冠式の式次第もあらかた決まった。席から立ち上がり会議場を後にするレヴィアスにドリューが続く。

「――会場の警備はどうなっている」

「は。騎士団はもちろんのこと、正規軍にも万全に配置するように申しつけました」

なかった。
式の最中に、また何か仕掛けてこないとも限らない。警備を厳重にしてしすぎるということは

「その他、剣闘士にレヴィアス様の周囲を守らせようと思っているのですが」

「……剣闘士に？」

レヴィアスの足が止まる。

「警備の中に紛れさせるのです。軍人や騎士には見えませんから、油断を誘えるかと」

「……なるほど」

犯人がわからない以上、その案は有用に思えた。

「あの男をお側につけても、いつも通りに事を進められるとおっしゃるのでしたらそのように」

「お前は俺を馬鹿にしているのか」

「滅相もございません」

ドリューは怯《ひる》んだ様子もなく淡々と続ける。

「ですが、杞憂《きゆう》だとおっしゃるのなら結構です」

「……任せる。よきにはからえ」

「はっ」

レヴィアスはまた前を向いて歩き出す。なんとなく今の顔をドリューに見られたくなかった。なんだか忖度《そんたく》されているようでばつが悪い。

(ちゃんとわかっているつもりだ)

あの男のことが気になってなどいない。それは確かに、彼はレヴィアスをオメガにした男だ。だから無視できないというのも仕方がないだろう。だからといって、彼を寵愛しようとなどしていないつもりだ。閨に呼んだのは、秘密を知る者はなるべく少ないほうがいいと思ったからであって。

「――……」

考えなければならないことは、他に山ほどある。私情に気を取られている場合ではない。レヴィアスはそう思い直し、直近の公務の段取りを頭の中で確認し始めた。


それから日々は慌ただしく過ぎていった。その月の晴天の日、エヴァレットでは次期国王の戴冠式が行われた。

城下は祭りで賑わっている。今回、外国からの客を受け入れるかどうかというのは、かなり悩ましいところだった。犯人が外国人という可能性も充分に考えられるからだ。だが観光客が落とす金は民にとって大きな稼ぎとなる。その機会をなくしてしまうということはやりたくなかった。

その分警備に厳重な布陣をし、正規軍と騎士団の他に、エヴァレットと契約している剣闘士も駆り出された。

儀式が行われる聖堂の外と、そして王宮の関係者しか入れない内部にも何人か剣闘士が配置されていた。彼らはいつもとは違うかっちりとした礼装を国から支給されている。一見すると剣闘士には見えなかった。

そして聖堂の奥にある王の控え室に、その剣闘士はいた。彼は部屋の隅にひっそりと立ち、そこにいないように押し黙っている。

「――――目映いほどですな」

そう褒め称えたのはドリューだった。濃紺の長いマントの縁には白いファーが施され、金色の飾緒《しょくしょ》が艶やかに映えている。その下の正装はレヴィアスの肢体をかっちりと包み込み、凛とした美しさを見る者に与えていた。

「歴代で最も美しい王だと語り継がれるでしょう」

「さすがに大げさだな」

腹心の手放しの賛辞にレヴィアスは呆れるように小さく口の端を上げる。だがこうして正装を纏うと身が引き締まる思いだった。自分はこれからこの国を背負い、率いていかなくてはならない。

「――そなたもそう思わぬか、ルーク」

ドリューがルークに向けた言葉に、レヴィアスはハッとする。彼はその言葉に青い瞳をこちらに向けた。強い眼差しに晒され、どくん、と胸の奥が跳ねる。

「私ごときが無遠慮に見るのは、もったいないほどのお姿です」

「そうだろう」

恭順の意を示してすぐに目を伏せるルークに、ドリューは満足げに言った。

（――閨では、見るなと言っても見るくせに）

低く甘く睦言《むつごと》を囁《ささや》きながら容赦なく身体を開いてくるルークを思い出した後、レヴィアスはふいと顔を背けた。今はそんな思いに耽《ふけ》っている場合ではない。

「失礼致します。お時間になります」

その時、入り口から刻限を告げる声が聞こえてきた。

「わかった。今参る。――レヴィアス様」

「ああ」

レヴィアスは頷いて足を前に進める。いよいよだ。

目の前に開かれたドアをくぐる瞬間、ルークの強い視線を感じた。思わずそちらを見ると、彼は食らいつくような目でこちらを見ている。熱さえ孕んだその目に、思わずぞくりと背筋が震えた。

「――――…っ」

震えるような吐息が微かにレヴィアスの唇から漏れる。それは誰に気づかれることもなかった。

大聖堂の大広間へと向かうレヴィアスの背に、その熱はいつまでも注がれていた。


両開きの扉が重々しく開く。両側にずらりと並んだ参列者がいっせいにこちらを見た。その顔ぶれはそうそうたるもので、国の重臣はもちろん貴族、そして外国からの賓客も招かれている。

レヴィアスは身体に緊張が走るのを感じた。儀式の厳格さはもちろん、もしかしたら犯人がこの中に紛れているかもしれない。

入り口近くにいた者から恭しく手渡された王笏を手に取る。流麗な細工が施されたそれは、先端に翼を広げた女神の彫刻があった。その女神は海から採れた巨大な真珠を抱えている。レヴィアスがその王笏を携えると、どこからともなくため息のようなものが上がった。

「新しい王は、こちらへ」

塵ひとつなく磨き上げられた床を、レヴィアスはゆっくりと歩いていった。正面には聖堂の荘

厳なシンボルが掲げられている。司祭が立っている後ろの祭壇には王冠があった。これは代々の王に合わせて少しずつ作り変えられており、レヴィアスのマントに合わせて濃紺の布に張り替えられている。その周りは銀の装飾と、いくつもの宝石に彩られていた。そしてその中でも一際大きく輝く金色の宝石は、このエヴァレットの国宝となっている。

レヴィアスが神官の許に辿り着くと、頭の上から聖水を振りかけられる。次にレヴィアスが跪くと、神官が古代の言葉で繁栄を願う音節を詠唱した。その間、参列者も目を閉じて祈りを捧げる。

それが終わると、神官がいよいよ祭壇の上から王冠を手にした。

「レヴィアス・エヴァレット。汝に第七十五代、国王としての資格を与えよう」

厳かな神官の言葉と共に、レヴィアスの頭の上に王冠が載せられる。ずしりとした重みは、そのまま役目の重みだ。立ち上がり、手にした王笏を高々と掲げる。聖堂の窓から差し込む日差しが女神の抱く真珠と王冠の宝石をきらきらと輝かせた。

その瞬間、それまで厳粛な雰囲気に包まれていた聖堂に歓声が上がる。それは新しい若き国王を言祝《ことほ》ぐ声だった。

「素晴らしい戴冠式でした」

大聖堂での儀式の後、レヴィアスは城のバルコニーに出て集まった民達の祝福を受けた。この日は王宮の中に一般の者が入るのを許可されている。厳重な警備を敷いていたが、戴冠式もお披露目のセレモニーも何事もなく終えることができた。執務室まで戻ったレヴィアスに、ドリューはねぎらいの言葉をかけてくれる。

「どうにかひとつ終えることができたな」

椅子の背に身体を預け、レヴィアスはほっとしたように息をついた。対外的な大きな儀式はこれで最後である。レヴィアスの仕事はこれからだが、とりあえず節目は越えられたということか。

「何事もなく終えられてようございました」

「そうだな」

儀式の最中、ルークの姿を見ることはできなかった。バルコニーでのセレモニーの時もだ。レヴィアスもそれほど余裕があったわけではなく、式次第に集中せねばならなかったため彼を探していたわけではないが、その間どこにいたのか気になってはいた。

後で呼びつけて話を聞こうか。そんなことを思っていると、侍従が入ってくる。

「本日警備に当たりました剣闘士より報告したいことがあるとのことですが」

「――――入れ」

予想した通り、ルークが姿を現した。

「ご無礼致します」

「どうした。何かあったか」

「ひとつお耳に入れたいことがございます」

何やらただならぬ気配に、レヴィアスは椅子の背につけていた身体を起こす。

「式の最中、あやしい人影を見ました」

「何?」

「そのような報告は上がってきていないが」

眉を寄せるドリューに対し、ルークは薄く笑って見せた。

「軍も騎士団も戦うのが仕事。おかしな気配を察知するのはそれほど得意ではない様子だ。もちろん、俺以外の剣闘士も」

「口を慎め。我が国の精鋭達を愚弄するつもりか。剣闘士風情が」

「ドリュー。構わぬ」

レヴィアスの声に、ドリューは畏まって口を噤んだ。

「どういうことだルーク。誰か潜んでいたというのか」

「この国の者ではない人間が数名紛れ込んでいた。観光客でもない。観光客はあんな動きをしない。もっと組織立った輩でしょう」

「というと？」

「衣服に特徴的な記号がつけられておりました。こんなふうな」

ルークはレヴィアスの机に近づくと、ペンをとり、紙にそれを書いてみせた。

『Ω』

「これは……？」

「天秤の象徴文字ですかね？」

覗き込んだドリューが言う。

この大陸には占いの一種で、生まれた日を区切り、獅子や水瓶、そして天秤などの記号に分けるというものがある。だが、レヴィアスにはもっと違うもののように見えた。

「意味は俺にはわかりかねます」

その記号をつけた者達がセレモニーの最中に、人ごみに紛れてこちらを窺《うかが》っていたという。

「何故お前にそれがわかる」

「長い間旅をしてきましたのでね。人の思惑というのもある程度わかるようになっております」

レヴィアスはルークを見上げる。時々彼はこんなふうに、物事を俯瞰《ふかん》しているような言い方をする。レヴィアスは彼のことを何も知らないのだ。彼がどこから来て、そしてどこへ行くのかも。

「わかった。調査はこちらで行う。ご苦労だった」

ルークは口の端を上げると、一礼して退室していった。

「しかし、得体の知れない男ですな」

ドリューがルークの出ていった扉を見ながら言う。レヴィアスは苦笑しながらも、彼が残していったマークを見ていた。

「ドリュー、このマークだが」

「は」

「俺は、『Ω《オメガ》』のマークに似ていると思う」

「……さすがはレヴィアス様です」

ドリューは神妙な表情で答える。

「実は、ここ最近、ジルド教団がこの国に入り込んでいるという情報を耳にしました」

「ジルド教団？」

「邪神を崇《あが》める教団だそうです。その邪神はオメガの性を持つとか」

「オメガの邪神……」

信徒は主にオメガの者によって構成されていると聞く。その最終目的は、オメガが支配する世を創ることだとか。

「オメガとなったレヴィアス様が即位したことと関係があるのかはまだわかりませんが……」

「そのことはまだ公にはなっていないはずだろう」

いずれレヴィアスは世継ぎを儲けなくてはならない。おそらくその時に知らされることだろう。

「試練の洞窟の件も、その者らが関わっていたと？」

「断定はできませんが、その可能性は考えられると思います」

確かに、とレヴィアスは思う。王であるレヴィアスがオメガになれば、その教団の目指す『オメガが支配する世界』に一歩近づくという考えは理解できないこともない。

「だとしても、その者らは間違っている。俺は別にオメガとしてこの国を支配したいわけではない」

「おっしゃる通りです」

ドリューは深い賛同を示すように、折り目正しく目を伏せた。

「引き続きその教団について調べよ。特に王宮関係者がいるかどうかだ。もしかしたら内部で手引きしている者がいるかもしれん」

「かしこまりました」

ドリューはそう答えて、早足で去っていった。

「戴冠式でのあなたは、神々しいほどに美しかった」

情事の後でまだ火照《ほて》った身体を持て余していたレヴィアスは、その言葉をシーツに俯《うつぶ》せになりながら聞いた。

「見ていなかったのではなかったのか」

「見ていましたよ。きちんとね」

不審者を発見したのはそのすぐ後だったので、儀式の最初のほうは聖堂にいたというのだ。

それを聞いて、レヴィアスはなんだか面映《おもはゆ》くなる。

ルークは二人きりでいる時と、他に誰かがいる時とではずいぶん印象が違った。第三者がいない時は、彼はひどく甘い言葉をレヴィアスにくれる。

(だから、今も手放せないでいるのだ)

あれからまたルークを閨に呼んだ。オメガとなった身体の疼きを鎮めるためで、彼は秘密を知っているからだ、というのは体《てい》のいい理由づけだ。それくらいレヴィアスもわかっている。勝手な振る舞いをしているという自覚はあるのだ。

「うかない顔をしていらっしゃる。どうなされました？」

ルークの唇がレヴィアスの背中に落とされる。その感触にため息を漏らした。

「……即位したはいいが、問題が山積みだ……、うかない顔にも、な、る……っ」

そのまま音を立てて口づけられ、息が乱れる。ルークの唇は次第に下がっていった。さっき抱かれたばかりだというのに、ぞく、ぞく、と快楽の波が肌を震わせる。

「あなたならきっと、すべて平らかにされましょう」

「無責任な、こと…を、言うな……っ、あっ、そこ、やめ……っ」

後ろから双丘を押し開かれ、すでに犯されている窄まりにまた舌が這わされた。柔らかく蕩けたそこは、ルークの舌に敏感に反応し、悶え、いやらしくヒクつく。

「な、めるな……っ、あ…んんっ」

言葉とは裏腹にレヴィアスの腰は浮き、愛撫に震え悶えた。縦に割れたそこを丁寧に舐め上げられる度に腹の奥が引き攣れるように疼く。

「やめろ、やめっ……」

「嘘つきですね」

肉環をこじ開け、くちゅ、という音と共にルークの舌が中に這入った。

「んうううっ」

甘苦しい切ない快感が下腹を突き上げる。狂おしくうねる内はそこを貫いてくれるものを欲していた。熱くて、固くて、太いものを。

「こんなに尻を突き出して俺を求めてくださる。お可愛らしいことですな」

「ん、ぁうんっ……！　く、ふ、うう……っ」

「わかりますか？　オメガのあなたはとても濡れやすい。前も後ろも、もう溢れてきている」

後ろを舌嬲りされて、レヴィアスの後孔は愛液で濡れ、内股を伝っていた。前方の肉茎も勃ち上がり、先端から泉のように蜜を滴らせている。ルークはひくひくと蠢く窄まりに執拗に舌を這わせた。レヴィアスが耐えかね、下腹を波打たせて達してしまうまで。

「んぁあっ、あ、あ――……ううっ」

もどかしさの交ざる絶頂に下肢ががくん、がくんと揺れた。両脚が甘く痺れ、力を失って身体を支えていられなくなる。レヴィアスはシーツの上に完全に伏せてしまった。身体中の震えが止まらない。

「……く、意地が、悪いぞ…っ、ルーク…っ！」

レヴィアスは振り返り、潤んだ瞳で彼を睨《にら》んだ。その視線を受け、彼は困ったように笑う。

「これは失礼を。あなたはこうされるのがお好きなのだと思った」

「……っ」

レヴィアスはその言葉に反論することができなかった。ルークに優しく嬲るように虐められて、肉体の芯が熱く蕩けている。こんなことをされて、自分は間違いなく興奮しているのだ。それを思い知らされて悔しそうに眉を寄せる。

「そんな顔をなさいますな。ここからはあなたの好きにさせて差し上げる」

ルークはレヴィアスを抱き上げると、自分の膝の上に乗せた。

「ご自分で挿れ、好きに動いてください」

「え……っ」

驚くレヴィアスの前で、ルークは上体をベッドの上に倒す。彼の大きな手で腰を掴まれ、その怒張の上に誘導された。凶器のような先端がまだ収縮を繰り返す入り口に触れ、身体中がざわっ、と総毛立つ。

「好きに喰らってごらんなされ」

「……っ」

レヴィアスは息を呑んだ。

「そ、そのようなはしたない真似はできぬ……っ」

「おや」

ルークは片眉を上げておもしろそうに言った。

「俺からすれば、今更…という感じもいたしますが」

無骨な、けれど憎たらしいほどに巧みな動きをする指が、レヴィアスの前のものを撫《な》で上げる。

「は、あっ」

たまらない快感に腰が揺れた。肉環に彼の先端が押しつけられ、我慢できずにゆっくりと腰を落とす。ぐぐっ、と入り口がこじ開けられ、男根の先端を呑み込んでいった。

「んん…っあぁぁあっ」

腰からぞくぞくぞくっ、と快感の波が這い上がってくる。ルークのものを咥え込んでいく度に、内壁が擦れて声が上がった。

「はっ、はっ……あっ……」

こんな場所が、どうしてこんなに気持ちいいのだろう。ルークの長大なものを奥に呑み込む毎に、腹の奥が蕩けそうになってしまう。ぎこちなく腰を動かしていくと、時々弱い場所に当たってしまって、その度に背中を反らした。そこが好きなところなのだと思い知らされる。

「は、あ…う、ああ……っ」

レヴィアスの表情が次第に恍惚に染まっていく。その様子を下からルークがじっと見ていることに気づいていたが、一度快楽に夢中になってしまうとどうにもならなかった。彼の身体の脇に両手をつき、いやらしく腰を上下させる。ぬちっ、ぬちっ、という音があたりに響き、繋ぎ目が白く泡立った。

「ひ、う、あぁ……ああ……っ」

だが快感が強すぎて、レヴィアスは次第に動けなくなる。ルークの上で身体を震わせていると、突然彼の両手で腰骨を摑まれ、下から強く突き上げられた。

「んぁあああっ」

脳天まで突き抜けるような刺激。あまりの愉悦に、口の端から唾液が零れてしまう。自分で動けと言ったくせに、ルークの律動は容赦がなかった。弱い場所を立て続けに小刻みに突かれ、レヴィアスの嬌声が寝室に響く。

「はっ、あっ！　あっ、あああっ」

頭の中が真っ白になる。黒髪を振り乱し、白い肌を火照らせてレヴィアスは悶えた。

「や、ア、待て、まっ……！」

「駄目です」

ルークもまた切羽詰まっているのか、彼は短く答えた後レヴィアスの双丘を強く揉《も》みしだく。そうされると彼のものの形をはっきりと感じ取ってしまい、強烈な快感に襲われてしまうのだ。

レヴィアスはその状態で何度か達した。イく度に身体がバラバラになりそうで、意識を保つのに苦労した。

（まだ、果てていない）

それでもルークのものはまだレヴィアスの中で硬度を保っている。こんなに強い男根があるのかと思うほどだった。

「あ…っ、あっ、も、もう……っ」

「く……っ」

それでもやっと終わりが見えてきたようだ。レヴィアスの内奥で彼のものがどくどくと大きく脈打つ。もうすぐ、中に出される。それを想像するだけでまたイきそうになってしまう。

(もし、孕んだら)

避妊薬は飲んでいる。けれど自分は今、子を孕める身体なのだ。そう思うと、意識していなかった子宮が疼くような感じがする。

「あ、あ!」

次の瞬間、レヴィアスの中に熱い飛沫が注がれた。濃い精が壁に叩きつけられ、濡らしていく。

「く、ア、――――~っ」

声にならない声を上げて、レヴィアスは上体を仰け反らせた。体内が満たされる感覚。力を失ってルークの上に倒れ込んでしばらく呼吸を整えていると、やがて身体を横向きにされてゆっくりと男根を引き抜かれた。

「う……っ」

その感覚にすら感じてしまう。思わず顔を歪めると、男の低い囁きが聞こえた。

「そんな顔をなさらないでください。離しがたくなる」

「……」

それならそれでいい。思わず口から出そうになる言葉を、レヴィアスは寸でのところで止めた。

それは言ってはいけないことだと思った。

「レヴィアス様にしかるべきお相手が見つかるまで、俺がそのお身体を鎮めましょう」

ルークがそんな言葉をレヴィアスの顔も見ずに言っているのが、何故だか無性に寂しかった。

即位したばかりのレヴィアスはしばらく公務に忙殺されていた。そのせいか、オメガになったばかりの肉体の不安定さをしばし忘れられていたのは幸運だったといえるだろう。あの男のこともさほど考えずに済んだ。

「――――では、こちらを議題に上げておきます」

「頼む」

家臣に書類を渡したレヴィアスは、ペンを置くと執務室の椅子に身体を預け、大きく息をついた。

（これで一段落ついたか）

それを見計らったように側仕えが入ってきて、お茶を淹《い》れてくれる。茶葉の香りで少し気持ちが安らいだ。

「即位なさってからずっと、夜遅くまで働いておいでだとか。少しは気を抜かれたらいかがですか」

彼はレヴィアスを気遣うように言う。

「そういえば、午後からの予定は何も入っていなかったな」

「はい、会議もございません」

レヴィアスは茶を飲み干すと、席を立った。

「少し出てくる」

「どちらに？」

「闘技場のほうだ」


修練場へ足を運ぶのは、最初にあの男に会いに来た時以来だ。眼下の修練場では、剣闘士達がその技を磨き合っている。鋭い剣戟《けんげき》の音がこちらまで聞こえてきた。

今の時間、ルークはいないようだった。期待していたわけではないが、顔を見られないと少し残念なような気もする。声はかけず、その姿だけ確認して帰るつもりだった。

ふと、レヴィアスの背後から話し声がする。振り返ると、そこには鍛錬を終えたのか、数人の剣闘士が剣を肩に担いで帰るところだった。

「ん……？　あっ、へ、陛下！」

「へ？　まじかよこんなところにいらっしゃるわけ……」

一人の剣闘士がレヴィアスに気づくと、もう一人もこちらを見て慌てて畏まる。本来なら側に寄ることすらできない貴人がすぐ目の前に佇《たたず》んでいることに、彼らは平身低頭する。

「よい。普段通りにしていていい」

「いや、でも、俺達泥とかついているし……」

「修練に励めば身も汚れよう。俺も剣を握る身だ。わかっている」

そうレヴィアスが告げると、彼らは一様に恐縮したような態度をとった。

「それよりそなた達に聞きたいことがある」

「聞きたいこと……？　なんでしょうか」

「ルークのことだ」

レヴィアスはこの場所にルークのことを聞きに来るつもりではなかった。だがこうして彼とほど近い立場にいる剣闘士を前にすると、これは彼のことを知るいい機会ではないかと思ってしまった。何しろレヴィアスは彼についてほとんど何も知らない。それなのにレヴィアスはルークに肉体の秘密を知られ、身体の奥まで暴かれてしまっている。

「あの男のことについて知りたい」

そう言うと、彼らは互いに顔を見合わせた。

「自分らもたいして知りませんが」

「あいつ、自分のことはあまり話さないんですよ」

彼らが語ったのは、レヴィアスも聞き及んでいたことだった。ある日ふらりとこの国に現れ、剣闘士として闘技場に立てばべらぼうに強い。だから皆一目置くようになった。

「そういやあいつの持つ剣――、ありゃあずいぶんなもんだぜ」

「あの大剣か」

「そうです。あれは宝剣の類いじゃないですかね」

宝剣。この世界にはそう呼ばれる剣が何振りかある。いずれも特別な力を宿し強力な攻撃を可能とするが、誰しもが使えるというわけではない。それらは持ち主を選ぶのだ。

レヴィアスも見たことがある。彼の剣の柄に嵌められた血の色のような石。確かその石には、竜の姿が刻まれていたような気がする。

あれは確か――。

レヴィアスが何かを思い出そうとしていた時、ふいに後ろから声がかけられた。

「レヴィアス陛下!」

いきなり現れたルークは、突然レヴィアスの手を摑むと、その場から連れ去った。

「――おい!」

無体ともいえる彼の行動に驚いて声を上げる。けれど彼は聞く耳も持たないように、どんどん歩いていってしまう。やがて誰もいないようなところまで来ると、彼はやっと手を離してくれた。

「何をする。痛い。馬鹿力め」

彼に強く摑まれた手は、微かに赤くなっていた。

「大変ご無礼を致しました。しかし、あそこは荒くれ者ばかりです。アルファもいる。あなたには危険すぎるところだ」

過保護ともいえる彼の言葉に、レヴィアスはいささかむっとする。

「処方された薬は飲んでいる」

「万が一ということがあります。あなたの香りに血迷って、もし犯されでもしたら――。首が飛ぶのは、その者です」

「――」

その時レヴィアスは、自分の考えが至らなかったことに気づいた。

「俺が浅慮だった。すまない。今後は気をつけよう」

素直に改めたレヴィアスに、ルークはほっとしたような顔をした。

「お前ほどの胆力を持つ者ならば、血迷ったりもしないのだろう」

「……いいえ」

だがその男らしい顔立ちがふと曇る。

「俺はずっと、あなたに血迷っています。フェロモンがどうというのではなく、あなた自身に。先ほど他のアルファを心配しているようなことを言いましたが、本当は、他の男に……レヴィアス様に、触れて欲しくないからなのです」

「……っ！」

突然の言葉にレヴィアスは言葉を失い、同時にカアッ、と顔に血が上った。

「そ、れは、どういう……」

「……お許しを。あなたに何度も触れているうちに、離れがたい想いが真実になってしまったようです」

レヴィアスの心臓がどくどくと早鐘を打つ。この男に思慕の念を抱いていることを自覚してはいたが、それがこんなにも平静さを失うものだったとは思わなかった。

「お前とは、番になれぬ……」

「わかっております。そこまで厚かましくはございません」

レヴィアスは一度背けた顔をゆっくりとルークに向けた。彼がいつも闇の中で見せる、焦げつくような熱い視線に捕らわれる。

「俺はいずれ、お前ではない男の子を孕まねばならない。それでもいいと言うのか」

「その御子ごと、あなたを想います」

「……っ」

抱き寄せてくる腕に、レヴィアスはその身を預けていた。強く抱き竦められると、身体の底から熱いものが込み上げてくる。肉体の芯が疼き、腰の奥がそれとわかるほどにヒクついて濡れた。この男のものを受け入れたいと身体が求めている。

「……ルー、クぅ…っ」

「……っレヴィアス様」

レヴィアスの発情がルークに伝わり、彼もまた喉を鳴らす。

「……このような場所で、お許しください」

今いるところは闘技場の、剣闘士達の修練場だ。そろそろ終わる時間らしく、先ほどから人が引き揚げ始めている。おそらくここには人は来ないだろう。

ルークはレヴィアスの身体を返し、壁に押しつけた。それから性急にマントをめくり上げると、下半身の衣服を乱す。

「っ……」

レヴィアスは羞恥に耐えながらそれらの行為を受け入れていた。日はまだ高く、そしてここは寝所ですらない。

「あなたに触れたかった」

「あっ」

大きな熱い手が服の間から脚の間に差し込まれる。股間のものをきゅうっと握られると、両脚が崩れていきそうな感覚に襲われた。だがレヴィアスは必死で壁に縋って立っている。

「ああ、後ろももう、濡れている……。お可愛らしい」

「ん、うっ」

くちゅ、と音がして双丘の奥の窄まりに指が差し込まれた。

「う、あ、あ……っ」

いつも丁寧にそこを解す彼の指。その指に内壁を撫でられ、弱い場所を擦られると、レヴィアスはそれだけで死にそうに感じてしまう。

「んう、あっ、ア、あぁ……っ」

「ここが、イイですか……?」

背後から耳元に注がれる声に、何度も頷いた。

「あ、い、い…っ、熔け、る……っ」

「まるで、熱く煮えた蜜壺のようですよ」

「んうぅっ」

ぐるりと指を回すようにして虐められ、喉を反らして高い声を漏らす。すると、しぃー、と耳元で密やかな声がした。

「まだ誰が残っているやもわかりません。お静かに」

「んっ、んっんっ……」

レヴィアスは自分のマントをたぐり寄せると、その布を口に咥える。だがルークはそう言うものの、愛撫を控えようとする気配はなかった。それどころかレヴィアスの我慢ならないところをこりこりと刺激してくる。快感のあまり、目尻に涙が滲んだ。

「気持ちがいいですか。前も弄って差し上げますね」

「〜〜〜っ、っ！」

そそり立った肉茎を根元から扱き上げられ、先端を指の腹でこちゅこちゅと撫で回される。声を我慢しなければならないのにこんな淫らな前戯を与えられてはたまらなかった。レヴィアスは全身に細かく震えを走らせ、下肢を痙攣させる。

「ん、ふ、ううっうっ、――――〜〜っ！　〜〜っ！」

オメガとして一際淫乱な身体に生まれ変わったレヴィアスが、こんな快楽を耐えられるわけがない。ルークの手の中に白蜜を弾けさせ、がくがくと身体中を震わせて達してしまった。思考が真っ白に染め上げられる。

（イってしまった。こんな場所で）

自分の淫らさに呆れる思いだった。だが。

「レヴィアス様。あなたは素晴らしい。俺のような獣に、こんなに可愛らしく熔けてくださるなんて」

熱っぽい賛辞と共に、双丘の狭間に灼熱《しゃくねつ》の棒の先端が押しつけられる。来る、と思う間もなく、それはレヴィアスの体内に押し這入ってきた。

「……っあぁぁあっ」

口からマントが外れ、勝手に声が漏れる。まずい、我慢しないと——と思うものの、自分では止めようがなかった。するとルークの手に乱暴に顎を摑まれ、後ろを向かされて、噛みつくように深く口づけられる。

「んううう……っ」

快楽が苦しい。けれどレヴィアスはどうしようもなく興奮していた。こんな場所で、服さえ着たままで、獣のように絡み合っている。

「あ、アッ」

ズン、と中を突かれ、耐えかねた声が漏れた。ルークと舌を絡め合い、不自由な体勢のままで彼の剛直を受け入れた。大きなものでみっしりと中を埋められ、それが容赦なく内壁全体を擦ってくるものだからたまらない。

「あ、んく…っ、あ、ア、そ、こ…っ」

「……ここが、いいですか…？」

ルークのものの先端で弱い場所を抉《えぐ》られる。その快感は、もう立っていられないほどだった。

（いい、感じる――――。もう、イってしまう）

「く、ううっ、あっ、もうっ、もうっ…！」

奥にぶち当てられて、壁に縋っている指が震える。そこは弱いから、そんなに突かないで欲しい。それなのにルークはレヴィアスを追い詰めるように、接合部から卑猥な音を響かせながら律動を繰り返す。

「や、あ、だめ、だっ……！」

このまま達してしまったら、きっと叫び声を上げてしまう。そうしたら誰かに聞こえてしまうかもしれない。こんな姿を見られたら――――。

レヴィアスは羞恥に怯え、無意識に彼の腕から逃れようともがいた。だがそれを許さぬようにルークに抱き込まれ、顎を摑まれてまた深く口を塞がれる。舌根が痛むほどに強く吸われ、同時に内奥を強く突かれた。

「――――っ！　っ、ん、んう～～～…っ！」

びくん、びくんと全身が波打つ。ルークの手に握られた前のものからびゅくびゅくと白蜜を吐き出しながら、レヴィアスは彼に犯されてイった。絶頂の悲鳴はすべて彼に吸い取られる。

「ん、うっ⁉」

だがそれで終わりではない。達したレヴィアスにきつく締め上げられて道連れにされたルークが、腰を震わせてレヴィアスの内奥にしたたかに白濁を叩きつける。

「あう、う――~~…っ」

中を満たされる感覚。それも泣くほどに気持ちがよくて、レヴィアスはまた達した。

「……ふ、俺のような剣闘士風情に犯されて、それほどに乱れますか」

「……その言い方は、よせ…。お前は、お前だ」

身分のことを言われて、レヴィアスは苦しい息の下でそれを否定する。自分は確かに立場に縛られる存在だが、今そんなことを聞きたくはなかった。

「確かに、無粋でしたな。失礼」

背後でルークが苦笑する気配がする。少しずつ冷静になっていく頭では早く離れなければと思うのに、まだ熱を持つ身体は離れがたいと思っていた。

（この男もそうなのだろうか）

いつしか胸に潜む寂しさに、レヴィアスは甘いため息を吐いた。

「ご存じの通り、オメガには発情期というものが存在します。レヴィアス様にとっては初めてとなりますが」

「……お前に性教育をされるとは思わなかった」

「私も同感ですよ。ですが事情が事情です。ご留意ください」

「わかっている」

ため息をつくドリューに、レヴィアスは神妙に頷いてみせた。彼は神官であり本来は祭祀を含む事務的な職務の補佐だ。だがレヴィアスが試練の洞窟から帰ってきて以来、こんな状況になっている。

「レヴィアス様の番になっていただくアルファの選定ですが、現在少々難航しております。根回しに時間がかかっておりまして」

レヴィアスがオメガとなって、そろそろ三ヶ月が経とうとしていた。予定通りにいけば、もうすぐ初めての発情期がやってくる。

発情期となったオメガは、約七日の間、ほぼセックスのことしか考えられなくなるという。

「そうか」

レヴィアスは他人事のように言った。

番が誰になろうとも、たいして関心はなかった。ただ、そうなればこの身体はその番のものになる。あの男との関係はそこで終わるだろう。ドリューは愛人にすればいい、などと言っていたが、レヴィアスはなんとなく、自分が番を持った時点でルークとの関係が終わるのではないかという予感がしていた。

「というわけで、今度《こたび》の発情期の間は、ルークに相手を務めてもらいます」

「え」

視線を上げたレヴィアスに、ドリューはため息をついて言った。

「仕方がありません。秘密が漏れる危険性が低く、確実に相手を務められそうなのは、あの男しかいないのですから」

ですが、とドリューは続けた。

「オメガに変性されたのですからくれぐれも、噛まれることのありませぬよう」

ルークはあくまで急しのぎの相手、その身分上正式な番にはなりえない――――。そう言っているのだ。

「わかっている」

レヴィアスも自分の立場はわかっていた。身分に関することは互いの間では禁句のようになっていたが、本来彼はレヴィアスに触れていいような相手ではない。それくらいは承知している。

だが、何故だろう。初めて迎える発情期を共に過ごしてくれるのがルークだとわかって、レヴィアスは確かに安堵を覚えている。その理由も、本当は自分でもわかっていた。


「ドリューから聞いたか？」

レヴィアスは次の日、修練場を訪れていた。

「レヴィアス様、ここへはあまり来てはなりませぬと前にも言ったはずです」

側ではルークが自分の剣を手入れしていた。階段に腰を下ろし、大きな剣を丹念に磨いている。

「構わぬだろう。俺とて自分の身は自分で守れる。お前が心配しているようなことにはなるまいよ」

ルークは以前、修練場にいるアルファの剣闘士がもしもオメガであるレヴィアスのフェロモンに惑って万が一のことがあった場合、首を刎ねられるのはその者だと言ってレヴィアスを叱った経緯がある。その時は思わず謝ってしまったが、よくよく考えれば、レヴィアスがその者を刑に処さなければいい。何しろ今この国で最も権威があるのはレヴィアス自身なのだから。それに、オメガになったとはいえレヴィアスは自分が弱くなったとは思わない。バース性と戦闘能力には、密接な関係はないのだ。

「――言うことを聞かないお方だ」

やれやれというような顔をするルークに、レヴィアスは小さく笑う。

「それで、なんのお話ですか？」

「俺の発情期の話だ」

ルークの剣は、布で磨かれて美しく輝いていた。刃こぼれひとつない。剣の柄についた宝石もつやつやときらめいている。あれはいったい、なんの石だろう。

「お前が、来てくれると聞いた」

耐えがたい発情が続くという七日間。初めてのそれは、レヴィアスとて不安がないわけではない。だが、この男がいてくれるというのなら安心だと思った。

「――ああ、その話ですか」

彼の声にふと突き放すような響きを感じて、レヴィアスは真顔になる。

「それは、お断りしようと思っています」

「……何？」

レヴィアスは聞き違いかと思った。この男は、レヴィアスの最初の発情期の相手をしない、というのか。

「飽きたというのか」

「違います」

「では面倒になったのか」

こんな面倒な立場のオメガと関わり、その秘密を守ることに。

「違います」

「では何故だ」

自分の声が震えるのを感じた。彼は相変わらず剣に目を落とし、こちらを見ようともしない。

それが無性に悲しかった。

「――虚《むな》しくなったのです」

ルークはそう告げる。

「どんなにあなたを抱いても、番にはなれない。そのことが、急に虚しくなったのです」

「――」

彼の言葉に、レヴィアスは何も言えなかった。それはレヴィアス自身もいつも思っていたことだった。抱かれてどんなに身体を熱くしても、ルークとは番になれない。いつかは終わる関係だった。レヴィアスはいずれしかるべきアルファと番い、その男の子を産む。そしてルークは――。

――ルークはどうするのだろう。またどこかへと行ってしまうのか。レヴィアスを置いて。

「……戯《たわ》けたことを申すな」

だがレヴィアスの口から出たのは、男を詰《なじ》る言葉だった。

「そんなことは最初からわかっていた。お前もそれを承知していたのではないか」

ルークは困ったように笑うと、その時初めてこちらを見る。その目に浮かんでいたのはやるせない諦めの色だった。

「おっしゃる通りです――。最初からわかっていた。けれど俺は、いつしかそれをつらいと思うようになってしまったのです」

それならもう、触れないほうがいい。ルークはそんなふうに結論を出したのだろう。

その瞬間、レヴィアスは頭に血が上るような感覚を得た。つかつかとルークの側まで近づいていくと、右手を振り上げ、その手で男の顔を思いきり打ち据える。バシィッ、と鋭い音が響いた。

「臆病者が!!」

ルークの頬がみるみる赤くなっていった。彼はレヴィアスに叩かれても何も言わずに顔を背けている。

（この男、避けもしないで）

ルークはこの国で最強の剣闘士だ。その気になればレヴィアスの打擲《ちょうちゃく》など、容易く避けることもできただろう。彼はわざと打たれたのだ。そのことがよけいに腹立たしい。

「もう、知らぬ――――、お前のことなど！」

マントを翻し、レヴィアスはその場を足早に去った。目の奥がつんと熱くなってくる。彼を殴った手もジンジンと痛んだ。

こんなに誰かに対して感情的な態度をとったのは初めてだった。レヴィアスは生まれた時から王となる教育を受けて育った。いつも理性的でいろ、感情のままに行動するのは暗君のすることだと。それなのに。

（これもオメガになった影響だろうか）

わからない。けれど、これで発情期に手助けしてくれるアルファはいなくなった。だが、もういいと思った。このまま一人で過ごす。発情期の時オメガの肉体がどうなるのかは経験がないが、今更他のアルファが相手になるのは考えられなかった。

（誰が他のアルファなどに抱かれるものか）

ルークはそう言ったが、ごめんだった。それくらいなら一人で耐えてやる。

レヴィアスは嵐のように荒れる感情のまま、追いかけてこない男から遠ざかるのだった。

数日が経ち、その夜、レヴィアスは寝室のドアをノックする音で目覚めた。

「――――レヴィアス様、レヴィアス様」

部屋の外から自分を呼ぶ声がする。外はまだ暗い。

「……どうした」

「レヴィアス様、おやすみのところ申し訳ございません。火急の報告が」

「聞く。入れ」

レヴィアスはベッドの上に身体を起こした。それと同時に燭台を手にしたドリューが入ってくる。

「申し訳ございません」

「どうした。何かあったか」

こんな夜中に報告を要する案件など、あまりいいことではないだろう。レヴィアスが身構えた時だった。

ふいに強い香りが漂ってくる。それに気づいた瞬間、がくりと身体が崩れた。

「レヴィアス様――――。大事な用があるのですよ」

「っ、な……？」

覚えのある香り。それはルークから香ってくるものとよく似ていた。これはアルファの香気。

「お可哀想に。初めての発情期前ではこれは耐えられないでしょう」

「……っ、ドリュー……っ？」

彼は手に香炉を提《さ》げていた。アルファの香気はそこから漂ってくる。

「レヴィアス様がオメガとなるために使用したのはオメガのフェロモンを精製したものでした。これはその逆で、アルファのものです。ベータの私にはわかりませんが、大変強いものだそうです。じきに意識が薄れ、身体が動かなくなるでしょう」

「……いったい、どういう――――」

何故ドリューがこんな言動をするのか、レヴィアスは混濁する意識の中で必死に考えようとした。

「レヴィアス様、あなたには尊い生け贄となっていただきます。我々の信仰する神のために」

「――――っ」

まさか。

レヴィアスはそこではたと気づいた。そうだ、見方を変えれば当然そこに行き当たりそうなものだった。

「オメガの、邪神――――、お前が信ずる、神とは」

「ようやくご理解いただけましたか」

ドリューはうっすらと笑う。その表情は、長年信頼を寄せてきた家臣のものとは、似ても似つかない酷薄さに満ちている。

「試練の洞窟に細工をし、この国の中に仲間を引き入れたのは私ですよ、レヴィアス様」

その告白に、レヴィアスは瞠目した。

ジルド教団。オメガの邪神を崇めるという集団。

あろうことかドリューはその教団の神官だった。

衝撃的な事実に呆然としつつ、レヴィアスの意識はそこで途切れてしまった。


ひやりとした空気が頬を撫でる。レヴィアスが目覚めると、自分の手脚が拘束されていることに気づいた。重い頭を上げると、見慣れない部屋にいると認識できた。そしてレヴィアスは拘束台のようなものに手脚をくくりつけられている状態にあるとわかった。X型のそれに、枷《かせ》で両手脚を縛《いまし》められている。

　窓のない部屋だった。薄暗い灯りの中、ところどころ欠けた煉瓦《れんが》が敷き詰められた部屋にいるようだ。そして部屋の中には誰かがいた。知らない男達と、ドリュー、そして真っ直ぐな髪をした、美しい青年がローブを纏って佇んでいる。

「気がつかれましたか、レヴィアス陛下。ようこそジルド教団へ」

「……やはりそうか」

　レヴィアスは掠れた声で呟く。

「俺はお前のことを信頼しすぎていたようだな、ドリュー」

「そうなるように振る舞いました。ここまでは、おおむね予定通りです」

「いったい何が目的だ？」

　試練の洞窟の魔物に細工をし、レヴィアスに呪いをかけた。そしてその呪いから逃れさせるためにオメガへと変性させた。だがその理由がわからない。

「この国を、オメガの王国にしたいと思ったのですよ」

　ローブを着た真っ直ぐな髪の青年が口を開いた。

「はじめまして、レヴィアス陛下。私はクレールと申します。このジルド教団の教祖を務めております」

クレールは二十代前半とおぼしき青年だった。善良そうで、いかにも聖職者という感じだ。だが、こうしてレヴィアスを拘束している事実が見た目の印象を裏切っている。

「このエヴァレットは、とても素晴らしい国です。豊かで凍らない港があり、資源の豊富な山がある。我々の王国に相応しい。レヴィアス陛下。あなたには、我々の傀儡《かいらい》となっていただきます」

「傀儡だと？」

「そうです。あなたにはこれまで通り、この国を統治していただきたい。しかしその実権は我々が握ります」

「冗談も休み休み申せ」

レヴィアスからすれば、支離滅裂な話だった。この国は代々の王が命を懸《か》けて守り、発展させてきた。先日亡くなったレヴィアスの父とてそうだ。エヴァレットのために何も成していない者達が我が物顔で振る舞っていいはずがない。

だが冷たく言い捨てたレヴィアスに、ドリューは困ったように言った。

「陛下もオメガになられたことで彼らの実情を理解しておられると思ったのですが……。残念です」

「オメガは迫害されている。我々には、安住の地が必要なのです」

これまでオメガは就ける職業なども限られていた。それはオメガがアルファを惑わすフェロモンを放つ以上仕方のないことだともいえる。そしてそれによりオメガは被差別階級として扱われる地域も多い。

「我が国はそのようには定めておらぬ」

「しかし社会の空気がそうなってしまっているのですよ」

「――――だから、あなたを神に捧げ、ここを我々の王国とすることにしました。ドリューにはそのために神官として王宮に入ってもらったのです」

つまり、彼は初めからその計画のためにレヴィアスに仕えていたということになる。

自分に向けられていた忠義がすべて偽りのものだったと知り、レヴィアスは思わず唇を噛む。落胆は否めなかった。彼が自分にかけた言葉や態度がすべて嘘だったなんて。

「……俺を生け贄にするだと？　お前達の神に？」

「そうです」

部屋の奥に灯《とも》りが点される。すると、そこに不気味な祭壇がしつらえてあるのが見てとれた。周囲にいる男達が呪文を詠唱するような声を放つ。クレールが祭壇の前に移動し、側にあった杖を掲げて高らかに詠唱に加わった。

「イデル・イデル・ミオ・エデウス。我らの王、異形のオメガよ。遥けき宙《そら》より出でよ。高貴なる贄を受け取り給えよ」

ドリューもまた付き従い、共に詠唱する。隔絶されたような部屋の中にそれらが不気味に反響し、わんわんと籠もって、レヴィアスは思わず耳を塞ぎたい衝動に駆られる。

すると、部屋の中の空気がふと粘度を増し、重くなるのを感じた。

(――何か、来る)

異質なものがどこからかやってくるような気配がした。鳥肌が立ち、背筋がざわめき、本能が警戒しろと叫ぶ。

レヴィアスは祭壇の奥を凝視した。すると空間がひずむのが見て取れ、そこから何かが姿を現すのがわかった。

「……っ⁉」

現れたのは、異形、だった。

最初に見えたのは巨大な蛙《かえる》のようなシルエットだった。だが、それには角や爪、そして獣の毛皮のようなものも認められる。複数の生物が融合したような姿をしていた。

「――オメガ神ヤネスよ」

クレールがそう呼びかけるのに、レヴィアスは眉を顰めた。

(オメガだと――? どう見てもただの魔物ではないか)

いや、これは魔物というよりは邪神のようなものだ。これまで対峙《たいじ》した魔物とは纏う瘴気が違う。

「……お前達はこうやって、異界から魔物を呼び出していたのか。試練の洞窟にいた死霊もそうか」

「魔物ですと？」

クレールがゆっくりと振り向いた。美しい顔立ちなのに、目の焦点が合っていない。どこを見ているのかわからない印象がレヴィアスを不安にさせる。だがこの教団の者は、それを神秘性と感じているのかもしれない。

「洞窟の死霊は確かにそうです。あれはこの者に召喚して放ってもらいました」

クレールはドリューを見上げた。彼は恭しく礼をし、クレールに微笑む。それはいつもレヴィアスに対して行うものと同じだった。ドリューはこれまで、偽りの忠義をレヴィアスに対して捧げてきたのだ。これまでまんまと騙《だま》されていたことに忸怩《じくじ》たる思いが湧き上がる。

「ですが、このオメガ神は違います。これは我らオメガの神。オメガとして生まれてきたために、神の間でもひどい扱いを受けてきたのです。だから我々の召喚に応えてくださった」

「……そんなことがどうしてわかる」

「わかります。同じオメガですから。あなたもそうだったでしょう」

「教祖クレール、彼は急ごしらえのオメガで、しかも王族です。民草のオメガのことなどわかりますまい」

ドリューは小馬鹿にしたように告げた。

「しかも、ビッチングを務めたアルファを愛人にしてしまうような方です。オメガとなったとて、あなた様の辛苦の百分の一もわかりますまい」

好き勝手なことを言うかつての家臣に、レヴィアスはカッと頭に血を上らせた。怒りだけではない。自分は確かにあの男を愛人のように扱っていた。自身に対する恥ずかしさも込み上げる。

「俺を邪神に捧げてこの国を乗っ取ったとして、その後はどうするというのだ」

「もちろん、ヤネス神を国神として崇め、オメガの楽園を創ります」

「オメガの国が欲しいのなら自分たちの手で建国すればいい。この国を踏み台にするのは違うと思わないのか」

レヴィアスの言葉に、クレールはどこか悲しそうに眉を顰めた。

「そんなことを言われたときもありました。お前達はただ、甘えているだけではないかと。もっともアルファがそんなことを言っても、説得力がないというものです。力に優れ、何もかも秀でている者には私達の苦労などはわからない」

クレールは肩を落とす。彼にそう諭したのはアルファだったのだろう。確かに、アルファだった頃のレヴィアスも、オメガのことはよくわからなかった。だが自分がオメガになっても、こんな所行が正当化されるとは思わない。

そんな彼に、ドリューが甲斐甲斐《かいがい》しく寄り添った。

「クレール様。もうすぐ我々の悲願が叶います。オメガの国を創るのです」

「ドリュー、これまでよく働いてくれましたね。我々の目的のためにベータだったあなたが長年かけて内部から仕掛けを施した労苦、感謝致しますよ」

「もったいなきお言葉です」

ドリューはクレールと出会い、なんらかの理由で心酔していったのだろう。そして神官としてこの国の王宮に入りレヴィアスに対しては偽りの忠義心を見せ、虎視眈々《こしたんたん》と機会を窺っていた。

「……っ」

これはきっと罰だ、とレヴィアスは思った。

王冠を戴く身でありながら身体を重ねた男にうつつを抜かした罰が当たったのだ。お前は王に相応しくないと、亡くなった父が天から怒っているのかもしれない。

(――――だが、そうだとしても)

自分一人であれば、いくらでも報いは受けよう。

だが、混乱に巻き込まれる民には、なんの咎《とが》もないはずだ。

「俺は傀儡《くぐつ》にはならない。国は渡さない」

「この期《ご》に及んで何を言っているのです。レヴィアス様」

ドリューが呆れたような顔を向けた。彼はもうとっくにレヴィアスの臣下などではなくなっているのだろう。

「────どるるるるる……」

その時、祭壇の奥から唸《うな》るような声が聞こえてきた。ヤネスが発した声だ。

「ヤネス神、今生け贄を捧げます。高貴な血を引くオメガです」

クレールがそう言うと、ヤネスがその巨体でずん、と一歩進み出た。異形の化け物が近づいてくる。その姿をはっきりと目にするにつれ、これのどこがオメガの神なのかと思う。

「お前達はどうかしている。何故これがお前達の神だと────!」

「それは神の舌を味わえばわかります」

ヤネスの口から長い舌のようなものが伸びてきて、レヴィアスの足に絡みついた。

「くっ！」

嫌悪感に身を捩《よじ》る。だがそれはしゅるしゅると身体に絡みついてきて夜着を剝ぎ取り、レヴィアスの素肌を這い回った。舌は何本も伸びてきて、身体の至るところを味わうように舐め上げてくる。

「うう、くっ……！　よせっ…！」

「神の舌は格別でしょう？　身も心も委ねれば、きっとヤネス様の素晴らしさがわかります」

濡れた感触が身体中を這いずり回る。嫌悪感しか起こらない、こんなもの――――と思っていたが、ヤネスの舌先が胸の突起を舐め上げた時、背筋がびくりと震えた。

「ふ、う」

ふいに快楽がそこから流れ、身体中へと広がっていく。ねちゃねちゃという音がそこかしこから聞こえて、レヴィアスは羞恥と屈辱に声を漏らすまいとした。だが次いで脚の間のものを舐められ、嬌声が勝手に漏れる。

「んぁあっ」

一度反応してしまうと、もう駄目だった。ヤネスの唾液はまるで媚薬のようにレヴィアスの体内に染み込み、肌を熱くさせてゆく。

「や、め……ろ、やっ……」

「そんなふうに強がっていられるのも今のうちです。ヤネス様の舌には逆らえない。やがてそれはあなたの感じるところすべてを見つけて嬲ってくる。それはとてもとてもいい気持ち」

「ふ、ん――――あっ！」

クレールの言う通り、触手のような舌はレヴィアスの身体の突起と、そして柔らかい部分を狙《ねら》ってくる。

「……っう、ああ、あっ！」

レヴィアスはたまらずに仰け反った。強い快感が身体を貫き、舐められたところが甘く痺れては震える。

(――――なんだ、これは)

それは人間によってはおよそ授けられないような感覚だった。身体中がしっとりと汗ばんで、どうしたらいいのかわからなくなる。

『我ノ手足トナリ働ケ』

ふいにレヴィアスの脳に、そんな声が伝わってきた。耳ではなく直接頭の中に飛び込んでくるような声だ。この状況で、それが誰のものなのか疑いようがなかった。

『オ前モ我ガ愛戯ノ奴隷トナルガイイ。我ガ欲シイノハ王国。コノ地上ニ我ノ国ヲ創ル。サスレバ、モット快楽ヲ授ケヨウ』

「……っ」

おそらくクレールは、このヤヌスにこんなふうに犯されて虜《とりこ》になってしまったのだろう。彼にもオメガとしての苦労があったに違いない。その心の隙間に毒のような快楽と暗示を植え付けられ、国を手に入れるべく動いた。

「……っ目、を…っ、覚ませ、こんな、ことをしても、なんにもならぬ……っ」

すぐにも理性を失ってしまいそうな快感の中で、レヴィアスは必死で言葉を紡ごうとした。今

にも腰を振って淫らな声を上げてしまいそうになる。だが、ここで流されてはいけない。

「お前が従っているのはただの異形だ、騙されるな……っ！」

「まだそんな口が利けるのですか？」

ヤネスの舌がレヴィアスの肉茎に絡みつき、強く弱く擦り上げてくる。そして細く割れた舌先で、先端の蜜口を嬲るようにくじられた。

「～～～っあ！　んくううう……っ！」

びくん、びくんと腰が揺れる。思考が一瞬灼き切れてしまいそうな刺激を与えられて、レヴィアスは白蜜を噴き上げてしまった。

「……っく、う、……っ！」

衆人環視の中でイかされ、恥辱に全身がわななく。そして意識の隙間に、別の存在が入り込もうとしているのを感じた。

（まずい。乗っ取られる……！）

「素晴らしい意志の力ですね。さすがは一国の王といったところですか。ですが、ヤネス神の御刀をその身に受け入れれば、あなたの意志など吹き飛んでしまいますよ」

「は、……っ！」

息を乱しながらレヴィアスが顔を上げると、前方から別のものがこちらに伸びてくるのを感じた。それを見て取ったレヴィアスの双眸《そうぼう》が大きく見開かれる。それはどう見ても男性器だった。だが、その大きさもさることながら、表面にはびっしりと凹凸がついており、醜悪な様相を呈している。だがそれで体内をかき回されれば、今度こそ理性を失い堕《お》ちてしまうだろう。そう思わせる卑猥さがあった。

「やめろ！」

レヴィアスはどうにかして逃れようと身を捩った。だが手足は拘束台にしっかりと固定されている。そしてこれまでの刺激によって、力が入りにくくなっていた。

「無駄ですよ。ふふっ……、凜然《りんぜん》としたエヴァレットの王が、ヤネス神に愛されてどうなってしまうのか、見物ですね……」

喜色を滲ませたクレールの声が聞こえる。ヤネスの男根はすぐ側まで迫ってきていた。レヴィアスの白い太股をくぐり、双丘を押し開こうとしている。レヴィアスはきつく目を閉じた。

――耐えられるのか、俺に。

それは絶望的な状況だった。レヴィアスは自分の肉体が快楽に強くないことを知っている。今も理性の力を総動員して、やっと持ちこたえているにすぎない。その上でこんなものを挿入されてしまったら。

「ううっ」

後孔の入り口に固い感触を得て、下肢がぶるぶると震えた。男根が今にも肉環をこじ開けようとしている。媚肉が快楽の予感にひっきりなしに収縮をし始めた。

(ここまでなのか)

レヴィアスが奥歯を強く嚙みしめた瞬間だった。

どこからか、凄まじい剣圧が飛んでくる。

『――ギエエエ!!』

聞いたのは、ヤネスの悲鳴だった。レヴィアスの目の前でヤネスの舌と男根がまとめて両断され、中空に舞う。

「――ヤネス様あああ!!」

続いて上がったのはクレールの悲痛な叫びだった。周囲の男達も驚愕の声を上げる。ヤネスの巨体が歪み、部屋にずしん、と地響きが伝わった。

(これは、斬られたのか)

あまりに鋭い断面を目にして、レヴィアスは即座にそう思った。

――この太刀筋は。

見覚えがある。有無を言わせぬ、圧倒的な力。それは神といわれるものさえ斬ってしまうのか。

そんな剣を振るえる者を、レヴィアスは一人しか知らなかった。

「誰だ‼」

ドリューが鋭く叫ぶ。男達もすぐに警戒態勢に入り、いっせいに武器を構えた。

「――――ずっとこの時を待っていた」

部屋の中に突如現れたシルエット。それが明らかになると、レヴィアスは息を呑んだ。

「とうとう尻尾を掴んだぞ、ジルド教団」

「――――お前は！」

ドリューもまた男を見て驚愕する。そしてレヴィアスは思わず彼の名を口にしていた。

「ルーク……」

そこに佇んでいるのは、レヴィアスの私人としての感情の大部分を占めている男だった。彼はその手にいつもの宝玉のついた大剣を握り、悠然と構えている。ルークはレヴィアスのほうを見ると、つかつかと近づいてきて、レヴィアスの手足を縛めている枷《かせ》を叩き壊した。

「大事ありませぬか」

ルークは羽織っていたマントを取ると、レヴィアスの肩にかけてくれる。

「ルーク……、お前、何故ここに」

彼に自分は一方的にひどい言葉を投げつけ打擲した。あの時点で、自分たちの関係は終わったものだと思っていたのに。

だが彼はレヴィアスに優しく笑うと、教団の者達に向き直った。

「お前達がエヴァレットを狙っているという情報を手に入れ、剣闘士としてこの国に入ったが、ようやく姿を現してくれたな」

ルークは以前、この国には目的があってやってきたと言っていた。では、この教団を追っていたというのか。だがなんのために？

「……あなたが何者なのかは知りませんが」

クレールがドリューの背に隠れながら告げた。

「我々の邪魔をするというのなら排除するまでです」

クレールの合図に従い、男達がいっせいに斬りかかってきた。だが、この国最強の剣闘士として名を馳せてきたルークの敵ではない。多勢に無勢という言葉も、彼の前では意味がなかった。

男達は次々と薙《な》ぎ倒され、地面に転がっていく。その場に立っているのがドリューとクレール、そしてヤネスのみになるまで、さほど時間はかからなかった。

「あとはお前だけだ」

ルークの剣がヤネスに向けられる。

「無駄だ。神を殺すことなどできない！　通常の剣では斬れるものか。竜をも斃す剣でなければ――」

ドリューの声がその場に響く。だがルークは構わずにヤネスに向かっていった。

「――ルーク！」

レヴィアスは思わず彼の名を呼ぶ。舌と男根を斬られたヤネスは怒り狂い、切断された触手状のものを振り回して体を揺らした。触手の先端がいつの間にか鋭い槍状《やりじょう》に変化している。それらがいっせいにルークに向かって襲いかかった。

「愚かな。切り裂かれてしまえ！」

ドリューは嘲笑《あざわら》うように言った。だが、ルークは波状に繰り出される触手の槍を次々にかいくぐり、ヤネスの目と鼻の先まで接近した。彼の足が床を蹴り、高く飛ぶ。大きく振りかぶった剣に嵌められた血の色の宝玉が、薄暗い灯りに反射して鋭くきらめく。

『――ガ――……！』

ヤネスの頭部から身体の中心を一本の線が走った。ルークが着地すると、その線を基点にして異形の身体がずれていく。

「――ヤネス神!!」

クレールの悲痛な声が上がった。

異界から来た神。その巨体が、ルークの斬撃によってゆっくりと傾いでいく。それはやがてどう、という音を立てて倒れ、山が崩れるようにして消えていった。その一連の光景を、レヴィアスは固唾を呑んで見つめていた。

「ああ――――、ヤネス神……、ヤネス様!!」

駆け寄ろうとするクレールを、ドリューが押しとどめる。彼は憎々しげな目でルークを睨みつけた。

「竜血の剣だな、それは」

ルークの持つ大剣。柄に嵌まる血のように赤い石。神のような存在を斬るには、竜の力を持つ剣でなければならない。では彼の持つそれは、竜血の剣。持つ者は、勇者の称号を得るという。

勇者はこの世界でも数人しかいない、戦闘を極めた存在だ。彼らは旅を好み、独自の理《ことわり》と判断でもって世界の災いを排除する。

「何者だ、お前は」

「俺は見ての通り剣闘士のルーク。だがもうひとつ名がある。――――アシェルだ」

「……アシェル」

勇者アシェル。レヴィアスも小耳に挟んだことがある。剣士の中でも伝説とされる存在。大剣を携えた彼に斬れぬものはないという。

「お前達ジルド教団は少々暴れすぎた。オメガの神を崇めるのは勝手にしたらいいが、その実、オメガを騙して奴隷として売っていただろう。俺が立ち寄ったいくつもの町でも被害がずいぶんと出ていたぞ」

　このまま教団を放っておくことはできないと判断したルークは、密かにエヴァレットに入り、ヤネスが現れる機会を窺っていたという。

「ヤネスは消滅した。いずれ復活するかもしれないが、少なくともあと百年の間は顕現することはできないだろう。お前達のもくろみは潰えた」

「そう言われて素直に引き下がると思うか」

　ドリューが前に出た。その手には杖が握られている。彼は神官だ。攻撃魔法の種類も少ない。そんな彼がルークと戦って勝てるかわからない。

「もうよせ。ヤネスが消えた以上、お前達は無力だ」

「無力だと言うな!!」

　ドリューは声を上げた。咆哮といってもいい叫びだった。長年側にいたレヴィアスも、彼のこんな声は聞いたことがなかった。

「私は凡庸《ぼんよう》な民だ。ベータに生まれ、育ちも特筆すべきことはない。それでも、何か世の中に役立てることはないかとずっと考えていた。神官の道を選んだのもそのためだ」

　ドリューは胸の裡《うち》を吐き出した。

ドリューは庶民の出自で、努力に努力を重ねて神官の位を手に入れた。ここまではレヴィアスが聞いていたことと同じだ。ドリューは神官の修行のため、エヴァレットから西の方角にあるトラザスという国にいた。そんなある日、彼は城下でオメガが乱暴されている場面と出くわしてしまう。オメガの悲鳴は物陰からでも聞こえていた。通りを行き交う人々の耳にも届いているはずだ。

「――――フェロモンをぷんぷん撒き散らかしていたらしいよ」

「じゃあしょうがねえ」

「可哀想だけどな。むしろ被害者は襲っているアルファのほうだろう」

そんな馬鹿な話があるか。

ドリューは聞こえてきた町の者達の会話に憤《いきどお》った。オメガとて同じ人間だ。自分は大多数のベータであるが、最優であるというアルファとて自分達と変わりはないと思っていた。だが、その考えは間違っているというのか。

その時、一際悲痛な叫びが建物裏から聞こえてきた。周りの人間が耳に入っていない振りをして通り過ぎたが、ドリューは思わず走り出す。

そこにあるのはただの暴力だった。二人の男が華奢《きゃしゃ》な肢体を押さえつけ、一人は背後から、もう一人は口を犯していた。オメガとおぼしき少年の顔は泥と涙で汚れていた。それなのに快楽を感じているのか、苦痛の中に恍惚の色が交ざっているのが哀れだと思った。

「……なんだ、お前は？」

「ベータだろ？　邪魔だからあっち行ってろ」

男達はいい身なりをしていた。おそらく社会的地位の高い者達だろう。それなのに、立場の弱い者をこんなふうに傷つけることしかできないのか。ドリューの胸に怒りが燃え上がった。

「こんなことをして、許されると思っているんですか！」

「ああ？」

男が腰を使いながら、うるさそうにドリューを見る。

「こいつがフェロモンで誘惑してきたんだ。悪いのはこいつだよ」

「だ、だって、泣いているじゃないですか」

「それがオメガなんだよ。こいつらはどんなに嫌がっても結局は悦んでいるんだ。今だって俺のを咥えて放しゃしない」

「口のほうもだ。美味そうにしゃぶってるぜ」

「うっ…んんう……っ」

犯されている少年から苦悶とも喜悦ともつかない声が漏れる。

「わかったらあっち行ってろ」

「――――行きません!!」

「なんだと？」

「そうだとしても、こんなやり方はよくない！　この子はきっと、物凄く傷つくはずです！」

いくら本能のなせる業《わざ》だとしても、無理やり犯すのは暴力となんら変わらない。アルファやオメガの性衝動についてはよくわからないが、自分自身の正義に則っとれば、この暴行は到底許されることではない。

「――仕方ないな」

「ベータのくせに出しゃばるからだ」

男の一人が身体を離し、ドリューのほうに近づいてくる。

「終わるまで大人しくしていろ」

拳《こぶし》が迫ってきて、その後の記憶がない。気がついたら地面に倒れていた。口元が切れているらしく、鈍い痛みが走る。ドリューが呻くと、そこにそっと清潔な布が押し当てられた。

「大丈夫ですか？」

その声にはっとして顔を上げる。そこには犯されていたオメガの少年がいた。彼は心配そうな顔でドリューを覗き込んでいる。

「あいつらは……！」

「もう行きました」

あたりを見ると、二人のアルファの姿はいなくなっている。ドリューを猛烈な情けなさが襲った。自分は何もできず、殴られて昏倒し、彼が暴行を受けている隣でのんびりと寝ていたのだ。

「……すみません。何もできなくて」

「いいえ。そんなことはないです」

彼はにこりとドリューに笑いかけた。まだ泣いた跡が頬に残るのが痛々しい。

「嬉しかったです。ああいう場合、悪いのは私のほうなので」

「しかし……！」

「……神官様ですか？」

少年はドリューの法衣を見てそう尋ねてきた。

「はい。まだ未熟者ですが……」

「私は見習いなんです」

そう言う彼の着衣は、教会の見習い神官が着ているのと同じものだった。だが今はそれも土に汚れ、所々がほつれ、釦《ボタン》がとれている。

「見習いなので、まだ満足にお金がいただけなくて……、薬が買えなかったものですから」

オメガ達は自らのフェロモンがアルファを刺激しないよう、抑制薬を飲んでいる。だが彼のように貧しければそれも叶わず、こういった目に遭ったりするのだろう。

「あなたはベータだから、私に惑わされなくてほっとします」

「――――」

そう言って微笑む少年の表情が美しいと思った。彼の側にいたいと願い、彼を含むオメガをこんな凶行から守ってやりたいと思った。

「お名前を聞いてもいいですか?」

「……ドリューです」

「ありがとうございました。ドリュー様。私はクレールと申します」

それが後にジルド教団の教祖となるクレールとドリューの出会いだった。


「それなのに、どうしてオメガを奴隷のように売ったりした」

レヴィアスは彼らの矛盾を指摘する。するとクレールの顔が曇った。

「仕方がないのです。教団を運営していくには、資金がいります……。我々の大いなる目的のために、彼らは奉仕してくれたのです」

「詭弁《きべん》も休み休み申せ。本末転倒だ」

彼らの論理はすでに破綻している。あんな邪神まで召喚し、今の教団にはすでに最初の理念など存在していない。

だがそう言うと、クレールは涙の溜まった目できっ、とレヴィアスを睨んだ。

「あなたのように恵まれた立場の方にはわかりません。それからそこのアルファの勇者様にも」

「教祖クレール様のおっしゃる通りです。レヴィアス様、あなたはアルファの王族として生まれ、大勢の者に傅かれてこられた。何不自由なく、美しく健やかに。そんな方に、我々がどんな思いで矛盾を抱えていたか、わかりっこない」

「ああ、わからぬ」

レヴィアスは足を前に出した。倒れている教団の男から剣を拾い、ルークを通り過ぎてドリューの前に出る。

「だが俺とて選んで王族として生まれてきたわけでもない。人は与えられた場所で咲くしかないのだ。そしてお前は俺を恵まれているというが、王は失政を続ければ首を刎ねられる。他国に攻め込まれ、国を守るために命を張ることもある。この肩には民の命という重さがかかっているということが、たとえ腹に二心があったにせよ、側で見ていてわからなかったか」

「……」

ドリューは少し怯んだようにレヴィアスを見た。

「……オメガへと変わったのに、何故あなたはそんなにも変わらないのだ」

「そうでもないぞ」

アルファでいた時には知らなかったことを山ほど経験した。そしてきっと、今の自分は以前の自分とは違う。

この男と出会ってしまったから。

「降伏しろ、ドリュー、クレール。命までは取るつもりはない」

おそらく応じないだろうと思いつつ、レヴィアスは彼らにそう告げた。ドリューは息を呑み、一瞬ためらうような顔を見せた。だが杖を握り直すと、口の中で素早く攻撃魔法の呪文を詠唱する。光の玉が杖の先から放たれた。

「――――」

レヴィアスはその瞬間に身体を傾け、ドリューとすれ違いざまに剣を振るう。手応えと共に、ゆっくり床に倒れ伏すかつての臣下の背中を振り返った。

「ドリュー‼」

「峰打ちだ」

悲鳴と共に駆け寄るクレールにそう告げる。背後からルークが近づいてきた。

「俺にさせればよかったのでは？」

「――臣下の不始末は、俺の不始末だからな」

レヴィアスは倒れたドリューの頭を抱くクレールを見下ろす。

「投獄はさせてもらう」

「彼は私の願いを叶えたかっただけなのです。死罪は私だけに」

「死罪にするつもりはない。この国からは出て行ってもらうが」

レヴィアスはルークを振り返る。

「この件を追いかけていたらしいが、それでいいか？」

「解決すればそれで問題ない」

レヴィアスは頷いた。足から力が抜けそうになって、身体が揺らぐ。すると背後から力強い腕が支えてくれた。レヴィアスは思わず息をつき、肩の力を抜いた。

「――謁見《えっけん》を願い出るなんて、回りくどいことをするのだな」

「もう、閨には呼んでいただけないと思いましたので」

そんなふうに言うルークに、レヴィアスは苦笑した。寝室にいるというのに、レヴィアスはまだ夜着に改めていない。もう抱いてはくれぬのではと思っていたからだ。

「そういえば、お前にはひどい態度をとった。許してくれ」

一方的な感情をぶつけて殴ってしまったことを謝罪すると、彼はひどく困ったような顔をして小さく笑った。

「いいえ。俺は確かに臆病者だったので」

「歴戦の勇者ルークがか？　――いや、アシェルだったか」

枕元の盆にはいくつかの薬が載せられていた。抑制剤や、発情を抑える薬。ドリューがいなくなってしまったので、侍医に処方されたそれを自分で用意し飲まなくてはならない。

「どうかルークとお呼びください。それがあなたに最初に呼ばれた名だ」

「……用向きはなんだ」

小瓶の中にある薬をゴブレットに移し、水を注いだ。

「それはなんの薬ですか」

だがルークはレヴィアスの手元を見て尋ねてくる。

「発情の抑制剤だ。最初の発情期がどんなものかわからないからな。多めに飲めと言われた」

発情期を共に過ごす相手がいない以上、薬を服用して一人で乗り切るしかない。番のいない他のオメガもそうしていると聞く。

「やはりオメガというのは色々と面倒なことが多い。あの者達の気持ちも少しは理解できる」

そんなふうに笑い飛ばそうとした時だった。ゴブレットを持ち上げて飲もうとしたその手に、上から掌を重ねられて止められる。

「……ルーク……？」

「飲まなくていいです」

その手がレヴィアスの手首を握った。

「俺が相手を務めるので」

強引に振り向かされ、口づけられる。捻じ込むように入ってきた舌に口内をしゃぶるように舐め上げられ、思わず呻き声が漏れた。

「んん、んっ……くっ……！」

舌を搦《から》め捕《と》られて吸われると、背筋がぞくぞくとわなないてしまう。両膝から今にも力が抜けてしまいそうだった。

「……っあ、よ、せっ……！」

だがレヴィアスは両手を突っ張り、どうにかルークから身体を離すことに成功した。息を乱しながら男に詰問する。

「お前、以前は俺の相手はできないと言っていただろう。どうして急にっ……！」

「俺の臆病な心よりも、あなたを欲しいという気持ちが勝ったからです」

「――――」

「俺は勇者なんて言われてはいますが、所詮《しょせん》は流れ者だ。一国の王であるあなたとは身分が違う。最初あなたの相手に選ばれた時も、これで教団に近づけるのではないかという利己的な考えもありました」

別の目的があったのだと言われて、レヴィアスは自分が少し傷ついていることに気づいた。自分はこんなに繊細だったかと驚く。だがルークは続けた。

「けれど逢瀬《おうせ》を重ねるにつれ、あなた自身にどんどん魅了されていく自分に気がついた。あなたを抱く度に、そのうなじを噛んでしまいたいという衝動に襲われる。それがいよいよ我慢できないと思ったから、あの時あなたを拒絶したのです」

「……今は？」

「他の男に噛まれるくらいなら、いっそ俺が噛みます。それがどんなに大それたことであっても」

真っ直ぐに視線を合わせて見つめられ、心臓がどくどくと脈打つ。顔が熱くなって、頭の中がぼうっとした。

「あなたの番にして欲しい」

その言葉はレヴィアスの耳から全身を駆け巡り、下腹を切なく疼かせる。

「ほ、本気、かっ……」

「もちろんです。王族ではありませんが、ちょっとは名の知れた勇者ごときではあなたの夫は務まりませんでしょうか？　俺達の子供となれば、さぞかし強く美しい子が生まれましょう」

夫。

その言葉に、レヴィアスの顔に朱が散る。番となり子を生《な》せば、自分はこの男の子を産むのだ。

「――――う、あっ⁉」

その時、身体の奥で何かがどくん、と弾けた。続いて体内から火を噴くような熱さが込み上げ、肉洞がひくひくと収縮するのを感じる。

「あっ、これ、はっ……！」

「どうやら始まったようですね」

レヴィアスが撒き散らすフェロモンがルークを昂ぶらせたらしく、強く腰を抱かれる。衣服の上から感じる熱く固い感触に、腰から下が熔けそうになった。

「おまえ、がっ……、そんなことを、言うからっ……！」

「申し訳ありません。ですが責任は取ります」

なし崩しにベッドへなだれ込んでしまい、逞しい腕に組み敷かれる。どこか性急に衣服を脱がされても、レヴィアスはもう抗うことすらできなかった。ルークもまた自ら衣服を脱ぎ捨てた時、鍛えられた逞しい肉体が目に入る。今からこの身体に征服されるのだ。そう思うと、はしたなく胸を喘がせた。

「……レヴィアス様」

ルークの指先がつつうっと胸元を撫で上げる。回りくどい愛撫に発熱したような肌が震えた。

「返事をお聞かせください。今」

「な、いきなり……っ」

突然番にしろと乞《こ》われてすぐに返事を寄越せと言う。レヴィアスが今どんな状態なのかわかっているくせに。

「卑怯《ひきょう》な男だ……っ」

「好機を逃したくありませんのでね」

物事には攻め時というものがある。怒濤《どとう》の求愛に、レヴィアスはとうとう白旗を揚げた。

「わかった。お前と、番になる……っ」

この男のものとなり、死ぬまで番う。それを想像しただけでどうしようもなく昂ぶる。

「お前の子を産む。だからっ……」

早く抱いてくれ。

意地悪く乳暈《にゆううん》の周りをなぞっていた指先がふいに突起を摘まむ。その瞬間、雷に打たれたような快感が身体を貫いた。

「んあっ、〜〜〜っ！」

仰け反った背がびくびくと痙攣する。甘い絶頂に追い上げられた身体は、もっともっとと快楽を求めた。

「――――お慕い申し上げております。レヴィアス様」

「ふぅんっ……！」

また口を深く塞がれ、目尻に涙が浮かぶ。くちくちと舌をしゃぶられて、気持ちよさのあまり頭の中が白く染まった。

「は、っ……、ああっ、ああっ」

レヴィアスの甘く切羽詰まったような声と共に、粘着質な音が聞こえてくる。汗に濡れた喉が耐えられずに反り返った。

「ああ……、も、そこっ」

胸の上で固く尖った乳首を、ルークの舌先が執拗に転がしていた。ぷっくりと赤く膨《ふく》らんだそれを舐められる度に痺れるような、くすぐったいような快感が込み上げる。彼の口の中でしゃぶられ、時に歯を立てられたそれは、ひどく鋭敏になってしまっている。そんな場所を執拗にねぶられるのだからたまらない。

「うう、ふ……うっ」

またすっぽりと彼の口に覆われてしまって、ちゅくちゅくと吸われてしまう。甘くつらい感覚に力の入らない指先でシーツを握りしめた。

脚の間のものはルークの手に緩く握られ、時折思い出したように扱かれる。その刺激に耐えられず、レヴィアスの先端は愛液でずぶ濡れになっていた。彼の指の腹が気まぐれに先端を撫で回すのも耐えられない。

「あ、ああ……うう…っ」

レヴィアスの腰が震える。また軽い極みに達してしまったのだ。さっきからこんな愛撫を何度も繰り返されている。

「お、おかしく、なるっ……」

「もっとおかしくなっていいんですよ」

何せ今は発情期だ、と呟いて、ルークはレヴィアスの乳首にそっと歯を立てた。

「ふあうっ……、んんっ！」

胸の先に走る鋭い快感。痛みを感じるほどに強く噛まれた後、宥《なだ》めるようにそっと舌先で転がされるとぞくぞくしてしまう。

「噛むなら、早く噛め……っ」

とろ火にかけるように熔かされ、どうにかなってしまいそうだった。犯すなら早く犯して欲しい。彼の股間のものも、天を突くほどにいきり立っているというのに。

「これはつれないことをおっしゃる」

けれど彼は不敵に笑うのだった。

「もっと味わわせていただきたい。あなたのすべてを」

「……っん、ん、ん、ん…っ」

ルークの唇がついばむような音を立てながらレヴィアスの下腹部へと降りていく。大きく両脚を開かされ、しとどに濡れた場所が露わになる。

「まだほんの少し触っただけなのに、ずぶ濡れですな」

「う…るさい、お前が、意地が悪いからだ……っ」

視線を感じ、恥ずかしさに身体が燃え上がりそうだった。けれど羞恥が強いほどに興奮もまた強くなっていくのを自覚する。

「……ここも、ここもすべて俺のものだと思うと、身震いするほどですよ」

低い声が響いたと思った時、腰骨が灼けそうな快感が襲ってきた。

「あ、あ――――…っ」

肉茎が熱い口内に咥えられる。強く弱く吸われ、特に感じやすい裏筋を舌で擦られて、すぐにわけがわからなくなった。

「あ、んあっ、あっ、あっ！」

(熔ける)

腰から下が自分のものではないみたいだった。強烈な快感に太股が痙攣し、膝ががくがくと震える。

「……気持ちがいいですか？」

「あ…っあくっ、んっ、い、いい…っ、あ、それっ……！」

最も鋭敏な先端部分に、舌先がちろちろと這わされた。割れ目のあたりをくすぐるように可愛がられて、レヴィアスは啼泣《ていきゅう》する。

「っあ、んんっ……！　そ、んな、舐め、たらっ……！」

濃厚な愛戯に音を上げそうになるが、この男がそれでやめてくれるはずもないということを、レヴィアスはもう知っていた。そして愛液を溢れさせる先端の小さな蜜口に舌先を捻じ込まれ、悲鳴のようなよがり声を上げる。

「んぁあ、ひぃ……っ！」

一瞬で思考が白く染め上げられた。濡れて開く唇から舌先が覗き、唾液が口の端から落ちる。双果さえ手で包み込まれて弄ばれてしまい、レヴィアスを強烈な絶頂が包んだ。

「は、ア、あぁぁあ……っ！」

浮き上がる腰を押さえつけられ、押し寄せる極みをじっくりと味わわされてしまう。ルークの口の中で放ってしまった白蜜を、彼はためらいもなく飲み込んだ。

「やはり発情期の蜜は少し違いますね」

「……言わなくていい」

「そうですか？」

くすりと笑う男を、レヴィアスはじろりと睨む。だが可愛らしいといって頭を撫でられてしまった。なんだか甘やかされているようでくすぐったい。

「ここはずっとヒクついていますね」

「んんあっ」

後孔の入り口をそっとなぞられて、思わず声が上がる。

「馴らす必要もないようだ」

「ん、んんっ、あ、よ、よ…せっ」

そこを軽く揉まれただけで、肉洞の中がきゅうきゅうと疼いた。甘苦しいその感覚に腰がわななく。早くここに挿れて欲しくて仕方ない。この腹の中を満たして欲しいのだ。

「ルーク……っ」

レヴィアスが掠れた声で彼の名を呼ぶ。すると次の瞬間、両脚を乱暴に押し開かれた。

「あっ！」

肉環に彼の凶器の先端が押しつけられる。それだけでレヴィアスはイってしまいそうだった。

組み伏せてくるルークの額に汗が浮かんでいる。彼はずっとこうしたかったのだ。それなのに自分の欲望を抑えつけても、レヴィアスの快楽に尽くしてくれた。

「……ん、んうぅううっ」

彼の男根の切っ先がずぶ、と這入り込んでくる。ぞわ、と肌が粟立《あわだ》ち、身体中が快感に包まれた。

「あ、は、這入ってっ…くるっ……、あ、ああっ…！」

「…ぐっ……！」

熱くて逞しいものに、みっしりと中を埋められる。その気持ちよさと多幸感に涙が溢れた。媚肉を擦りながら奥へと進んでくるものに耐えられず、レヴィアスは挿入の刺激だけで達してしまう。

「あ…っ、あ――……っ！」

不規則に身体を痙攣させながら、レヴィアスは自らの下腹に白蜜をぶちまけた。だがルークの動きは止まることがない。きつく締めつけ、絡みついてくる媚肉を振り切るように内部を穿ち、かき回してくる。

「うあ、ア…っ、ひ、ぃ、ああ……っ」

オメガとなったレヴィアスの内部は、豊潤な愛液に溢れていた。ルークがやや強引に腰を進める度に、じゅぷっ、じゅぷっ、と淫らな音を立てる。

「……今夜は奥の奥まで……、全部俺のものにする…っ」

「ああ、はあ……っ、ルー、ク、い、いいぃ……っ」

彼のものが肉洞を抽挿《ちゅうそう》する、単純なそれだけの動きなのに全身が快感を訴えていた。

「な、なか、ア、い、いく、またイくっ……！」

レヴィアスは時折耐えきれず、身体を弓なりに反らしながら何回も達した。精は噴き出る時もあれば、先端からとろとろと流れるだけの時もあり、まったく出ない時もあった。

「あう……あううう……っ！」

入り口近くから奥までを何度も大胆に擦られると死にそうに感じる。そしてルークの先端が最奥のある部分に当たると、正気を失いそうになるのだ。

（き、気持ちがいい……っ）

自分の中にこんな感覚が眠っていたなんて。

これがオメガになったせいかどうかはわからないが、相手が彼でなければ、これほどまでには感じなかったのではないだろうか。

「……レヴィアス様、中に出しますよ……」

ルークもやっと限界を迎えるらしい。律動が速く、強くなってきた。

「……ちなみに、避妊は……？」

「だ…いじょうぶだ、それも、薬を服用している……っ」

「それは結構」

まだ孕んでいただくわけにはいきませんからな、とルークは少し笑いながら言った。確かにそうだ。まだ国民は王がオメガになったと知らない。それなのに実は子供もできてしまったと公表してしまったら、驚かせるどころの話ではない。

ルークの子を産むのはやぶさかではないが、レヴィアスの立場では順序というものがあるのだ。

「では遠慮なく…っ」

ルークが腰をぶるっと震わせた。次の瞬間、腹の中に熱いものが叩きつけられる。

「んんあぁあぁ」

深い突き上げと共に、感じる内壁を雄の濃い精で濡らされた。レヴィアスはひとたまりもなく達してしまい、充足感に身を震わせるのだが、今度はそれだけでは終わらなかった。ぐい、と上体を抱き上げられ、ルークの顔が首筋に埋められる。そして彼の犬歯が皮膚へと突き立てられ、強く噛み締められた。

「――――あ！」

うなじに走る痛みと、そしてすぐ後に快感がやってくる。

「んああ、あ――――！」

彼に噛まれるのは二度目だった。一度目はレヴィアスをオメガにするため、そして次は番にするため。二度の行為の異なる意味を、レヴィアスは異なる快楽として受け止める。全身の細胞が沸騰するような感覚。平衡感覚がなくなり、どこかへ落ちていくような感じ。そしてその後に、途方もない安堵がやってきて、レヴィアスは長いため息をついた。


「――――レヴィアス様」

頬を指先で叩かれるような感覚に、ぱちりと目を開ける。

「戻られましたか」

「ああ……」

意識を飛ばしていたのはほんの僅かな間だったらしい。レヴィアスは身じろぎをしようとして、まだルークが体内に存在していることに気づく。

「お前、まだ……」

「離れがたかったので」

しれっとそんなことを告げる彼を、レヴィアスは叱れない。ずっと繋がっていたいのは自分も同じだったから。

首筋にちり、とした痛みを感じ、そっと指先で触れる。そこは熱を持っていた。

「……これで、番になれたのか」

「ええ」

「お前と」

「そうです」

確かめて、レヴィアスはそうか、と小さく微笑する。それはルークに何か影響を与えたらしく、彼のものが中で体積を増すのがわかった。

「っ、お、まえっ……」

「申し訳ありません。しかし、仕方がない」

「開き直るなっ……、ん、うっ」

口づけられ、唇を、舌を吸われた。そんなことをされれば、発情期中の身体は簡単にまた火がついてしまう。

「あなたはもう、我が番だ――――。一生をかけて愛し抜きます」

口吸いの合間に囁かれる睦言に、身体も心も蕩けそうになる。

「ああ……俺も……、ルーク……、アシェル」

最初に呼んだ彼の名と、本当の彼の名。レヴィアスはどちらも大事にしたかった。

再び硬度を増した男根が肉洞の中でゆるゆると動く。

「ふ、あ…っ、ああ……っ」

レヴィアス自身の愛液とルークの精によって、そこはたっぷりと潤っていた。少し動かされるだけで、ぞくぞくとした愉悦が湧き上がってくる。そして混ざり合った愛液がひどく卑猥な音を響かせるのだ。それが恥ずかしくて、興奮してしまう。

「んん、あ……っ、そ、こ…っ」

「ここがお好きですか……？」

「あ…っ、そ、う…っ」

レヴィアスは次第に素直になり、いいと感じる場所や動きをルークに訴えていった。嚙まれた場所を舐め上げられると、高い声を上げて感じ入る。

「お可愛らしい」

「んん、あ…っ」

急に体勢を変えられて、レヴィアスは喘いだ。挿入されたままで身体を返され、俯せになったまま腰を上げさせられる。恥ずかしい格好だった。

「こちらも虐めて差し上げないと」

「んんあっ！」

前に回ったルークの手に、脚の間のものを握られる。後ろから犯されながらそれを扱かれ、前後を同時に責められる快感に悶えた。

「あ、ああ…は、ああっ、んん……っ、そ、そんな、一緒、は……っ」

「一緒にされるのもお好きでしょう？」

「ん、んん…っ、た、たまら…ぬっ」

淫らな愛戯に応えるように、レヴィアスの腰があやしくくねった。それを見て、ルークが奥をめがけて突き上げる。

「――――あ、ひっ」

突然の強い刺激に、変な声が漏れた。ルークはレヴィアスの前を揉みしだきながら、奥をずん、ずん、と虐め抜く。弱い場所にぶち当てられるような抽挿に、レヴィアスは枕をかき抱きながらよがる。

「んん、あーっ、ああっ、あ、当たって、る……っ」

行き止まりの壁。そこをぐりぐりと抉られると、足の爪先まで痺れるような快感に見舞われた。

ルークがこの先に進みたがっているように感じられて、レヴィアスは混乱する。

「この先に入れていただけませんか、レヴィアス様」

「な、あ、これ以上…っ、はいらな…っ」

「這入りますよ。あなたがここを開けてくだされば」

できるはずです。俺達はもう番なのですから。

そう囁かれて、最奥をノックするように優しく叩かれる。腹の中から熔けてしまうかと思った。

「ああ……お前の…好きに……ルーク」

この身をどうされても構わない。せめてベッドの上では、レヴィアスはこの男のものなのだから。

「では、行きますよ」

ルークが限界を越えて腰を進めてくる。ぬぐ、と男根の先端が押しつけられ、最奥の門をこじ開けてきた。

「────ア！」

ぶわっ、と快感が広がる。これまでもレヴィアスはこんな感覚は知らない、と何度も思ってきたが、これは更に上を超えてきた。

「どうです、ここは……すごいでしょう」

「あ、は、ああ…っ、〜〜〜っ」

レヴィアスは答えられなかった。もの凄い数の絶頂が一度にやってきて、いっせいに体内で爆発するようだった。それは連鎖を起こし、とどまることを知らない。

「く、ひ、いぃっ、んあぁあぁあ」

身体がバラバラになるような快感。貪欲なレヴィアスの最奥はルークを迎え入れ、情熱的に絡みついて吸い上げる。

「なんて方だ、あなたは――」

感嘆の声が背後から聞こえた。だが、彼が何を言っているのか、レヴィアスにはもうわからなかった。

さすがのルークもあまりもたなかったらしく、ほどなくして彼はレヴィアスの最奥に白濁を注ぎ込んだ。レヴィアスは快楽が大きすぎて受け止めきれず、神経が灼き切れたように、また意識を失ってしまった。

一台の質素な馬車が、人目を避けるようにして城門を出ていく。その様子をレヴィアスは城のバルコニーからじっと見つめていた。

あの馬車は国境の近くで二人の人間を降ろす。そしてその者達は国外追放となり、もう二度とこの国に足を踏み入れることは許されない。

ドリューとクレール。この二人に対する、情状酌量の処分がそれだった。彼らは国家転覆を企てた。本来であれば死罪に相当する。重臣からも甘いのではないかという意見も出た。

――おそらくはそうなのだろう。

この処分が甘いことは自分でもわかっていた。もしも彼らが再びこの国に入ろうものなら、その時は首を刎ねる覚悟でいる。だが今は、彼らがどこか遠くで別の幸せを見つけてくれることを願わずにはいられなかった。

「――見えなくなりましたね」

やがて馬車が街並みに消えると、背後から聞き慣れた声がする。レヴィアスと番になり、夫となったルークだった。彼は常にレヴィアスの後ろに控えている。

国王直属の親衛隊長。それが彼のこの国での地位だった。

「そうだな」

後ろから抱きしめてくる腕に身を委ねた。

「遠くで元気に暮らしてくれればいい」

「はい」

国で最強の剣闘士は勇者アシェルの仮の姿だった。それが世間に知れた時、エヴァレットはちょっとした騒ぎに包まれた。何しろ、国王がオメガとなり、その勇者と番になったという事実も合わせて知られてしまったからだ。

だが国民はそのことを意外にも柔軟に受け入れた。それはレヴィアスが民からの信頼が篤いということもあっただろう。美しく気高く有能な君主。番がいればオメガはさほど周りに混乱をきたすこともない。ましてやそれが勇者の称号持ちとくれば、似合いの二人だと評判になった。

そして国王がオメガになり、国内のオメガ政策も改められた。抑制剤や避妊薬の類いは国の一括管理となり、経済的に困窮している者には手続きを経た後に無償で支給されることになった。これでオメガのフェロモンによる『事故』もだいぶ減るだろう。それでも起こってしまった場合にも、オメガへの咎はなしとされた。これでどれだけオメガが救われるかわからないが、できることからやっていくしかない。何しろレヴィアス自身はオメガとしてはイレギュラーなのだから。

「────時にルーク」

「はい」

風になびく黒髪を押さえながら、レヴィアスは夫を振り返った。

「お前はこの国にとどまることになって、構わなかったのか」

レヴィアスがそう告げると、ルークは少し驚いたような顔をした。彼は今剣闘士を引退して親衛隊長となったので、それにふさわしいかっちりとした衣服になっている。丈の長い上着の腰に吊り下げられた大剣は竜血の剣と呼ばれるものだ。そして勇者は一《ひと》つ所《ところ》にとどまらず、世界中を旅して回るものだといわれている。

「……そうですね。俺はずいぶんと旅をしてきました。そして幾度も戦いに身を投じた」

しかし、と彼は続けた。

「そろそろ、誰か一人のためにこの剣を捧げてもいいのではないかと思ったのです」

「────」

「勇者とは、自分だけの旅を探し求め、その果てに命を置く者、それならば、あなたの側を果てにしても構わないでしょう」

「……ルーク」

見上げるレヴィアスの唇に、彼のそれが降りてくる。触れ合った後で、潤んだ瞳が彼を見詰めた。

「俺を支えてくれるか」

「命ある限り。————いえ、死すとも、風となって」

おそらくこれからも困難なことは待ち受けているだろう。それでもルークという番がいれば、きっと乗り越えていけるだろう。この先も。

ルークが肩を抱き、レヴィアスを伴って建物の中へと入る。

後には風の音だけが残された。


それから一年半の後、国王レヴィアスと親衛隊長ルークの間に子が生まれる。男女の双子であり、その誕生にエヴァレットはまたしても祝福に包まれたのだった。

王国の蜜月

国王であるレヴィアスがオメガへと変性したことは、エヴァレットの民に伝えられた。もちろん、その経緯も含めてだ。カルト教団に国を狙われていたという事実まで公表することを渋る重臣もいたが、彼らが事件を引き起こしたきっかけがオメガに対しての社会の冷酷な目線だったことを鑑《かんが》みた上でのことだった。とはいえ、人の考えなど急には変わらない。だがオメガの王を戴いている国であれば、きっかけにもなるだろうというレヴィアスの考えだった。

「といっても、自分がオメガになったからかと思う者もいるであろうな」

執務室の椅子に身体を投げ出し、レヴィアスがため息交じりに言った。長い会議はいささか疲れる。側仕えの少年が茶を置いていった後、レヴィアスは傍らに佇む自分の番を見上げてそう言った。

「正直俺もアルファだった時はオメガが何を思って生活しているかなど考えもしなかった。そう言われても仕方がないがな」

するとレヴィアスの番となった男は、少し身をかがめてこちらに顔を近づけてくる。

「――そのようなことはありません。俺はあなたを立派だと思う。今回のことも、民を信じていなければできないことだ」

そんなふうに言われて、レヴィアスは小さく笑った。

ジルド教団による事件のあと、レヴィスアスはルークと番になった。彼が諸国を放浪している勇者だと知った時には驚いたが、自分と番になってこの国にとどまってくれると聞いた時は少し迷いもした。自由な彼を一所《ひとところ》に縛りつけてもいいものだろうかと。だが彼は、その竜血の剣をレヴィアスに捧げてくれると言った。それを聞いた時、どんなに嬉しく、心強かったか。

「俺にはお前がいてくれてよかったと思う」

「運命では？」

ふざけたように言う彼にレヴィアスもつられて笑った。

「運命の番？」

「いかにも」

「お前と出会った時、俺はまだアルファだった。お前が俺をオメガにしたんだ」

アルファのみに発動する呪いを受け、生き延びるためにはオメガにならなくてはならなかった。いわゆるビッチングだ。その相手として選ばれたのがルークだった。

「運命の番とは、そういったものも超越するといいます」

「俺がオメガとなったのも、お前と出会って番になったのも運命というわけか」

「俺はこれまで運命という言葉はあまり好きではなかった。自分の手で切り開いてこそ人生だと思っておりましたから」

「いかにも勇者らしいことだな」

剣士の中でも最高位を意味する、それが勇者だ。その称号を得るにはなんらかの加護を持つ剣と、神霊クラスの魔物の討伐が必要とされる。そして彼らは世界を旅し、救いを求める民のためにその剣を振るう。

「だがあなたと出会った時、そこに運命の相手がいる、と感じたのです」

あなたはそうではなかったのですか？　とルークの唇が耳元で囁いてくる。レヴィアスの白皙《はくせき》の頬が薄く朱に染まった。

「……お前を初めて見た時、心臓が跳ねた」

あの時の感覚をよく覚えている。その瞬間、周りの音がいっさい消えてしまったような気がした。

「だがお前はそんなふうには見えなかったぞ。恥を忍んで頼み事をしている俺を、冷静に検分しているように感じた」

すると彼は少し驚いたような表情を見せた後、苦笑した。

「いずれ王になるあなたに、懸想《けそう》したことを言えと？　そこまで厚かましくはないつもりでしたが」

「いきなり口を吸っておいてよく言う」

「これは失礼。結局、我慢できませんでしたな」

食えない男だ、とレヴィアスは笑う。するとふいに顎を掴まれて上を向かされた。熱い唇が重なってくる。もう慣れた行為だが、触れ合う瞬間にはいつも少し緊張する。そんなことをこの男は知っているのだろうか。

「……今もこのように、我慢できなくなります」

「痴れ者め……」

咎めたつもりの声が掠れている。痴れ者は自分も同じだった。もう一度唇が重なろうとした瞬間に執務室のドアがノックされる。

「陛下、パウエルです。先ほどの会議の補足を」

「入れ」

その一瞬のうちにレヴィアスは国主としての顔を取り戻し、ルークは何食わぬ顔で脇に控えた。そしてパウエルが入ってくると、レヴィアスはつい先ほどの瞳を潤ませていた表情などどこにも見当たらないような理性的な顔で臣下を見る。

「失礼します陛下。リーヌ川の治水の件で少し。急ぎ書類をまとめましたので、お目通しいただけましたらと」

「そうか」

レヴィアスは書類を受け取ると素早く目を通し、いくつか質問をした上で頷いた。

「いいだろう。これで進めろ」

「御意」

パウエルは恭しく礼をした。

「――時に陛下」

「うん？」

「ご婚礼の儀ですが、秋頃に予定いたしております」

パウエルは部屋の隅に控えるルークにちらりと視線を投げかけて告げる。

「……しかし、今年は戴冠式もしたばかりだろう。同じ年に大きな式典を立て続けに行うのはいささか負担にはならないのか」

「何、とんでもありません。神官どもなどそれくらいしか仕事がありませんからな。たまにはこき使ってやればいいのです」

そう言われてレヴィアスが苦笑していると、パウエルが脇で佇むルークに水を向けた。

「ルーク殿もそう思われませぬか。卿も陛下と婚礼の儀を挙げたいであろう」

「……いや、まあ俺は、婚礼の儀ともなれば添え物ですからな。レヴィアス様がなさりたいようにすればよかろう」

少し驚いたようなルークが遠慮がちに答える。

「何を言う。お前は剣闘士として絶大な人気を誇っていたではないか。表に出ることも少なくなった今、お前を見たいと思う者は大勢いるのではないか」

「陛下のおっしゃる通りですぞルーク殿。――――では陛下。こちらもその日程で進めておきますので」

「え――――、ああ」

思わず頷いてしまって、パウエルはかしこまりましたと言って退室してしまった。

「……してやられたようですな」

「まったくだ」

婚礼の式典は国威発揚にもなる。レヴィアスはそれも王族の義務だとは思っているが、この男はどうだろう。

「俺と番になったばかりに、面倒なことをさせてしまって心苦しく思う」

そう告げると彼は首を傾げた。

「俺は割とどんなことでもおもしろがる性分でしてね」

ルークの大きな手がレヴィアスの髪に触れる。

「華やかなことには慣れませんが、美しいあなたの姿を見られるのなら婚礼の儀もやぶさかではないですよ」

「お前も言うようになったな」

そう告げてはみたが、レヴィアスは思い出した。彼は最初から、レヴィアスに対して臆さずに物を言っていた。ましてや最初に顔を合わせた時に、口づけさえしてきたではないか。

「……さすがは勇者というところか」

「何かおっしゃいましたか？」

「いいや」

彼の肝《きも》の据わりようは変わっていない。そんなことを思い出して、レヴィアスはそっと微笑んだ。

寝室は花が飾られ、いつも丁寧に整えられている。以前はもっと簡素で花などなかったのだが、ルークが番となってからは妙な気遣いをされているようだ。多少は困惑したものの、側仕え達が健気にやってくれていることとあって、そのままにしている。ルークもベッド脇に活けられている花を見てフッ、と口元を綻ばせた。

「よけいな仕事を増やすことはないと言ったのだが、よけいなどではないと逆に叱られてしまった」

「せっかくの心遣いです。受け取るのも、君主の度量ではと」

「わかっている」

ルークはだが、と続ける。

「せっかくの美しい花も、俺には愛《め》でる余裕がない。何故なら目の前に最上の花がいるから」

「あっ…、こら」

急に腕を引かれ、ベッドの上に組み敷かれた。シーツの海に沈められてルークを見上げると、真摯な目をした彼と視線が合う。

「俺にはこの花だけでいい」

「――――……」

悪びれもなくそんなことを囁く男に、鼓動が速くなるのを止められない。番に求められ、オメガの身体は否応なしに熱くなった。

「……よく言う」

「事実ですが」

夜着の帯がゆっくりと解かれる。しゅる、と衣擦れの音がして左右に開かれ、レヴィアスの肌が露わになった。

「いつもこの肌に溺《おぼ》れていますよ、俺は」

「ふっ！」

いきなり胸の突起を口に含まれ、びくん、と上体が跳ねてしまう。ルークの舌で敏感な乳首を転がされ、肉体の芯に甘く痺れるような感覚が走った。刺激され、それはたちまちのうちに固く尖る。

「……っぁ、く…っ、ふう……っ」

ちゅくちゅくと好き勝手にしゃぶられて声が漏れてしまう。最初のうちこそくすぐったいような、むず痒《がゆ》いような感覚も交ざっていたが、今はその愛撫に慣れてしまったのか、突然はっきりとした快感がやってくる。まだ理性が残っているうちに味わわされる快楽はレヴィアスを戸惑わせ、羞恥をかき立てた。

「そ、ん……っ、いきなり…っ」

「あなたのここは、すぐに尖って、膨らんでしまいますね」

可愛がられ、あるいは虐められることを覚えてしまった乳首は、薄桃色の乳暈ごとふっくらと膨らんでしまっている。そこを焦らすように舌先で辿られると、もどかしくて腰を揺らした。ふいに突起を咥えられて吸われ、胸の先からじゅわあっ、と快感が広がっていく。

「んんん、ぅあっ」

刺激されているのは胸なのに、どうして脚の間のものまで感じてしまうのだろう。ルークの舌先に乳首を転がされる毎に腰の奥まできゅうきゅうと疼いた。

「あ、んうう、あっ、…っそ、こ、ばかりは……っ」

「失礼。こちらもでしたね」

「や、ああうっ……！」

乳首ばかりを執拗に虐められるのに耐えられず、他の場所への愛撫を促したというのに、ルークはもう片方の突起に舌先を這わせ始めた。

「ちがっ…、そうでは、な、…っあ、あぁあ……っ！」

また乳首を責められてしまい、レヴィアスの肢体がシーツの上で大きくくねる。すでに潤っていた股間の肉茎から、透明な愛液が零れた。しかしルークはまだそこに触れようともしない。

（焦れったい――――）

ここにも触れて欲しい。けれど彼はそんなレヴィアスの反応にも知らんぷりだった。

「いやらしい色に染まりましたね。ご自分で見てごらんなさい」

「……っ」

レヴィアスは従順に自分の胸を見下ろす。ふたつの突起はルークに唾液にぬらぬらと濡れ、薄桃色だったそれは濃い珊瑚色に染まっていた。ぷっくりと膨らんだ乳首は尖り、まるで愛撫を悦んでいるように見える。卑猥な眺めだった。

「……このような……、はしたない……」

羞恥に目を伏せ、思わずそう口走ると、ルークはくすりと笑う。

「お可愛らしすぎて目が眩《くら》みそうですよ」

「んあぁっ」

両の乳首を指先で摘まれ、レヴィアスは悲鳴のような声を漏らした。ルークの指でコリコリと揉まれ、引っかかれ、弾くように刺激される。

「ここでイってください」

「あ、よ、よ…せっ……、んう、あううっ」

ぎゅう、と押し潰すようにされて、強い快感にシーツを握りしめる。感じるとどうしても否定の言葉を漏らしてしまうのだが、嫌がってなどいないことは蕩けた表情で明白だった。ただ、性器と後孔以外の場所で達すると、肉体が変になってしまいそうで苦手なのだ。だが火のついた身体は言うことを聞かず、ルークの指嬲りで今にもイってしまいそうになっている。

「は、あ…っ、は、あっ！」

「そら、こうすると、たまらないでしょう」

「あんあぁあ……っ、そ、それ…っ、あっ、あ――……」

赤く膨らんだ突起をくにくにと捏ねられて、シーツから浮いた背中が震えた。下腹の奥から熱いものが込み上げてくる。

「く、く…る、ああっ、来るっ……！」

脚の間でそそり立っているものがびくびくと震えた。放っておかれているというのにそこも間違いなく快楽を訴えていて、もどかしいのがたまらない。

「俺が見ています。思いきりイってください。乳首で、うんとはしたなく」

「あっ、ルーク、あっ、あっ！　――んあっ、あくううう……っ」

レヴィアスは思いきり背を反らし、腰を揺らしながら絶頂に達した。肉茎から白蜜が噴き上がって下腹を濡らす。だが乳首のみの極みはレヴィアスに甘い苦悶をもたらした。肉洞の中が激しく収縮し、まとわりつくような痺れがなかなか去ってくれない。そのために、ずっと腰が痙攣してしまう。

「……っく、あっ、あっ、止まらぬっ……」

「ああ……、素敵だ。欲しがるあなたはなんと扇情的なのか」

「んんっ」

口を塞がれ、強引に舌を吸われる。ルークの興奮が伝わってきて、レヴィアスもまた燃え立ってしまった。敏感な口腔をしゃぶられて、胎《はら》の中が切なくなる。

「ふあ……ああっ……」

舌を絡め合い、陶然《とうぜん》となったレヴィアスを、ルークは後ろから抱きしめた。首筋には彼の噛んだ番の証しが消えずに刻まれている。そこに優しく舌を這わされると、身体中がぞくぞくと震えた。

「……ルークっ……」

「焦らずとも、じっくりと可愛がって差し上げる」

彼の唇と舌が背中を伝い降りる。どこもかしこもルークによって開発され、あるいはオメガとなったからなのか、そこもひどく弱かった。彼が音を立てて口づける度にびくびくとわななく。

「あ、ん、あっ……」

ルークの手が腰にかかり持ち上げられると、レヴィアスは上体をシーツの上に伏せた。何をされるのかわかってしまって、ぎくりと身体を強張らせる。

「あ、ルーク、駄目だっ……それはっ……」

だがちっとも言うことを聞かない彼は、レヴィアスの双丘を押し広げると、その奥に息づく窄まりをそっと舐め上げるのだった。

「んあっああ……っ！」

「濡れていますね」

身体が変わってから、そこが自ら濡れるようになった。ルークの舌先で肉環をなぞるように舐め上げられ、時折こじ開けるように舌を差し入れられ、腰から下が熔けそうになる。

「ああ……うう……っ」

「このようにヒクヒクさせて。俺を待っているようだ」

彼の言う通りだった。腹の奥がじくじくと熱を持って凝《こご》っている。それは放っておかれた前のものと一緒に切なく疼いていた。早くここを、思いきり責めて欲しい。

「あっ……、んぅぅ――……っ」

ぬちゅ、と舌を差し入れられ、届く限りの媚肉を舐め回される。たまらない快感が容赦なくレヴィアスを襲った。まるでとろ火で炙《あぶ》られているようだった。

「ああっ…、抜っ…、あ…んん……っ」

くち、くちゅ、と卑猥な音が後ろから響く。ルークの肉厚な熱い舌で後ろを犯され、レヴィアスはシーツをかき毟るようにして悶えた。

「ひぅんっ……！」

時折彼の指先で張りつめた肉茎を撫でられて、我慢できずに腰が動いてしまう。けれどそれも、ルークのがっちりした腕で押さえつけられるのだ。

「や、あ、ま、また、イく……っ！」

入り口近くだけを刺激され、後ろでイってしまう。レヴィアスは枕に額を押しつけ、何度もかぶりを振った。肉洞に甘い感覚が走る。

「ん、ああ、ああああ……っ！」

レヴィアスの下腹がぶるぶるとわななないた。きっとルークの視界には、ひっきりなしに収縮する後孔が写っていることだろう。羞恥が身を灼くようだった。

「んあ……っ」

下半身を支えることができず、レヴィアスはシーツの上に倒れ込もうとする。それをルークが逞しい両腕で支えた。

「っ、あぁっ」

たった今まで舐めて蕩かされた場所に灼熱のものが押しつけられる。その瞬間、レヴィアスの肉洞は蠕動し、これから味わうであろう快楽の予感に喉を喘がせた。

「しっかりと呑み込んでください」

「んっ…あ、あっ、んあぁああ」

待ち焦がれた場所に凶悪な男根が這入ってくる。ずぶずぶと遠慮なしに挿入されるそれは、レヴィアスの感じる粘膜を擦り上げ、みっしりと埋め尽くしていった。

「……っは、ああ、い、い…っ」

ようやっと満たされた充足感にレヴィアスが恍惚と顎を上げる。だが次の瞬間、ルークは繋がったままレヴィアスの身体を起こし、そのまま後ろに座り込んでしまった。

「っ!?――――んんあっ！」

ルークの膝に抱えられるようにして、レヴィアスもまた彼の上に座り込んでしまう。そして当然自重によって彼のものを根元近くまで呑み込んでしまった。

「ふあああ――…っ、～～っ」

レヴィアスはルークに身体を預けるようにして仰け反り、そのままびくんびくんと全身を痙攣させる。いきなりの深い挿入によって、またしても達してしまったのだ。身体中がじんじんと脈打つ。

「あぁ…は、あ、あ……っ」

「……気持ちがよかったですか？」

「くぅんっ……」

ルークに耳元で囁かれて、背筋がぞくぞくしてしまう。彼の声もどこか掠れて上擦っていた。そしてレヴィアスは彼の肩に後頭部を乗せたまま動けないでいる。それは奥深くに這入っているルークの先端が、我慢できない最奥の入り口に当たっているからだ。

「ここ、いい具合に当たっていますね」

「ひ、んんうっ、う、動く、なっ……！」

ルークが少しでも腰を揺らすと、そこが彼の先端にぐりぐりと抉られてしまう。すると内奥からぶわっ、と快感が広がるのだ。

「……動くなとは殺生《せっしょう》な」

それでも彼は慎重にレヴィアスの膝を持ち上げ、ゆっくりと左右に開いていく。これは自分を虐め抜くための準備だ。そう思うと全身が燃え上がるような感覚がした。自分は彼に責められるのを待っている。

「だが、そうですね。少し動かないでいましょう。俺は」

――――俺は？

レヴィアスはその言葉の意味を考えることができなかった。前に回ってきたルークの手がレヴィアスの肉茎を握り込み、卑猥な手つきで扱き上げてきたからだ。

「ふあ、あっ、ア、……あぁぁ…んんん……っ！」

焦らされてきたものにようやく与えられた愛撫に、たまらずに身をくねらせる。すると深く咥え込んだ彼のものに中をひどく刺激されてしまい、脳が蕩けるような快感に我を忘れた。前後で同時に湧き上がる法悦に耐えられない。

「あ、ひ……あ、アっ、ルーク、んっ、んんんん――――…っ」

レヴィアスはひとたまりもなく達してしまう。ルークはまだ腰を使っていない。レヴィアスは自分の身悶えだけで感じてしまっていた。そして吐精してもなお、彼はお構いなしに扱き立ててくる。

「くう……あぁあ……っ、や、め……っ」

「やめていいのですか？」

笑い交じりの声が耳に注がれる。背中を舐め上げる快楽に、口の端から唾液が零れた。ルークの手が、まるで乳でも搾るように根元から擦り上げてくる。彼の手が上下する度にぬちゃぬちゃと粘着質な音が響いた。

「ここを苛めてもらえるのを待っていたのでしょう？　そら、うんと扱いて差し上げる。あなたの中もびくびく動いて俺を締めつけてきますよ」

「あっ…、んっ、んあぁあああ……っ」

淫靡《いんび》な言葉で責められ、レヴィアスは容易くまた極めてしまう。その度にルークの手の中にびゅくびゅくと白蜜を噴き上げた。レヴィアスはその状態で何度もイかされ、次第に自ら腰を揺らし始める。

「あ、んぁあ……くぁぁあ……っ」

彼のものの先端が奥に当たると、気が遠くなりそうにいい。

（この、奥に――――）

入り口をこじ開けられ、更に奥を犯されると死にそうによくなることをレヴィアスはもう知ってしまっている。

「あっ、あ、ルーク、ルークっ……！」

「――――ここに、這入っても？」

「……っ」

彼の問いかけに、レヴィアスはこくりと頷いた。

「き、てくれ……っ、おれの、一番、奥に……っ」

「――――御意」

　短く答える声が耳に届く。次の瞬間、レヴィアスは両膝の裏を彼の手で持ち上げられた。勇者であるルークの膂力は、レヴィアスの身体をも容易く浮き上がらせてしまう。肉洞に埋められたルークのものがほんの少し引き抜かれた。

　そして、レヴィアスはまた彼の上に落とされる。ずうん、という衝撃と共に、それは根元まで深々と埋まってしまった。

「――――ア！」

　レヴィアスは鋭く声を上げる。それと同時に物凄い快感が内奥から込み上げ、全身を侵していった。奥の奥をこじ開けられ、ルークの怒張で犯された時、あまりの快感に何も考えられなくなる。

「ふ、あああっ、あ、――――〜〜〜〜っ！」

　強烈な絶頂に襲われて、レヴィアスは大きく仰け反り、全身をびくびくと痙攣させた。中にいるルークをきつく締め上げると、背後の彼が苦痛でも感じたかのような呻きを漏らす。

「相変わらず、凄まじい……」

「あ、イくっ、また、イってしま……っ！　あっ、あ――――……っ！」

　どちゅん！　と下から強く突かれ、レヴィアスは啼泣しながら悲鳴を上げた。ルークは手心を忘れたようにレヴィアスを貪り、好き勝手に突き上げ続ける。

「――――……っ、〜〜〜っ」

レヴィアスの喘ぎは声にならなかった。絶頂がずっと続いて止まらない。肌が火を噴き上げるような感覚だった。どうしようもない多幸感にぐちゃぐちゃになってゆく。これまで君主として理性的であれ、と教えられてきたレヴィアスがめちゃくちゃになる瞬間だった。

「レヴィアス……様っ……！」

ルークの切羽詰まった声が聞こえる。それだけでレヴィアスはまた登りつめた。股間のものからぷしゃっ、という音と共に体液が迸る。潮《しお》を噴いたのだ。

「あ、ア」

最初に出た時は粗相をしてしまったのかと恥じ入る思いだったが、ルークからこれはそうではないのだと教えられた。だが、はしたないことには変わりない。

（ああ……こんな）

だが、嫌ではないのが不思議だった。素面の時であれば死んでしまいたくなるほどの痴態を晒しているというのに、それをもたらしているのがルークだと思うと構わないかという気持ちになる。

彼のものがレヴィアスの最奥でどくどくと脈打つ。彼もきっともうすぐだ。あの熱いものを、中に注いでもらえる。

オメガの本能が番の精を欲しがり、受け止めようとする。そしてとうとうヒクつく内壁に熱い白濁が叩きつけられた。

「――――……っあ、あああぁぁあ……っ！」

どくどくと放たれるそれが、レヴィアスの子宮へと注がれていった。くらくらと目眩《めまい》のような酩酊感《めいていかん》に包まれながら、レヴィアスは長いため息をその濡れた唇から漏らすのだった。

嵐のような時間を過ごした後は、いつも満ち足りた気持ちになる。乱れた息を整え、肌の熱が次第に落ち着いてくると、心地よい眠気に包まれる。

「今宵も素晴らしかったです」

額に唇を押しつけながら、ルークは惜しみない賛辞を送ってくれた。

「俺は、死ぬかと思ったぞ」

すると彼は雄くさい笑みを口元に上らせるのだった。

「それは褒め言葉にしかなりませんな」

「……まあ、確かに褒めている」

喘ぎすぎて掠れた声で呟くと、ふとルークと目が合い、密やかに笑みを交わした。

「流れ流れて、こんな時を過ごすとは思ってもみませんでした」

ルークがレヴィアスの髪に口づけながら言う。触れ合った肌の感覚が心地よい。

「俺もだ。普通にどこかのアルファの姫と婚姻するのだと思っていた」

「それがこんな、どこの馬の骨ともわからない男に抱かれて？」

「勇者はどこの馬の骨ではないだろう」

ふざけたように言うルークに軽く笑って返した。

「だが、そうだな……。運命、だったのかもしれん」

今ならはっきりとわかる。彼は運命だった。ゆっくりと息を呑むルークを、レヴィアスは黙って見上げる。彼は妙に、どこか泣き出しそうな顔をしていた。

「……俺もそう思います」

大きな手が裸の肩を撫でていく。その心地よさに目を閉じながら、レヴィアスは重なってくる唇を受け止めた。

空は厚い灰色の雲で覆われていた。今にも泣き出しそうな空を、レヴィアスは聖堂の窓の内から見上げている。

数ヶ月前、自分はここで王となった。そして今日は、花嫁となる。

「――なんとお美しいことでしょう」

レヴィアスの着付けを手伝っていた側仕えの少年のうちの一人が、ほう、とため息をついて呟いた。

レヴィアスは今、婚礼衣装を身に纏っている。オメガとはいえ、女ではないからドレスを着ているわけではない。だがその婚礼衣装は壮麗と呼ぶべきものだった。

白を基調とした、丈の長い上着と青い帯。上から羽織った白いマントの裾《すそ》には金糸で刺繍《ししゅう》がされている。花嫁のティアラの代わりに頭には王冠が乗せられ、そこからヴェールが垂らされていた。王であることと、オメガの婚礼衣装とを兼ね合わせた見事な支度である。

（こんな日が来るとはな）

誰かと連れ添うことは考えていた。だが、それがあの男とは。

「陛下、お時間です」

「ああ」

促され、レヴィアスは聖堂の礼拝堂へと向かう。数ヶ月前にも戴冠式で向かった場所ではあるが、前の時とは気持ちが微妙に異なっていた。

以前は国を背負うという責任感と決意、そして少しの不安、だが、今は。

礼拝堂の入り口には司教が控えていた。

「このたびはおめでとうございます。レヴィアス陛下」

厳かに告げる司教に、レヴィアスは無言で頷く。

「随伴の役目を私が賜りましたが」

本来は花嫁の父が、この扉の向こうで待っている花婿の許まで付き添う。だがレヴィアスの父はもういない。その場合は後見人が務めることとなる。

「――――いや」

だがレヴィアスは首を横に振った。

「大儀である司教。だが、ここから俺一人で行く」

司教は少し驚いた顔をしてレヴィアスを見たが、やがて恭しく頭を垂れた。

「――それもよろしいでしょう。では、お入りくださいませ」

司教が礼拝堂の重い扉に手をかける。ゆっくりと開いたそこに、レヴィアスは多くの人の姿を見た。顔ぶれは戴冠式の時とさして変わらない。足下には緋色の絨毯《じゅうたん》。響き渡る荘厳な音色。

だが、祭壇の前に、彼がいた。

「――――」

レヴィアスは軽く息を吸い込むと絨毯の上を歩く。真っ直ぐに顔を上げて、男の許まで。

彼は――ルークは、どこか眩しいような顔をしてこちらを見ていた。

彼は黒の礼服と同じ色のマント。そして腰には宝剣を佩《は》いている。そうしていると、まるでどこかの王族のようだった。

「――信じられない。目映いとはこのことです」

「お前も、見事な男ぶりだぞ」

二人でそんなことを囁き合って、祭壇の上の大司教に向き直る。戴冠式とは違う手順の言葉、儀式、レヴィアスはそれらを、神妙な面持ちでこなした。

これからこの男と人生を過ごす。彼はきっと、私事の部分だけではなく、公の部分においても優秀な番として機能してくれるだろう。そんなことをつい思ってしまう自分に気づき、レヴィアスはそっと目を伏せた。構わない。これは『公』の部分の行いだ。素のレヴィアスは、彼しか知らなくていい。その真心は二人だけの時に捧げる。

「では、誓いの口づけを」

大司教の言葉に、向かい合って彼を見つめる。こんなに大勢の人間の前で口づけるのはもちろん初めてで緊張するが、これは閨でする口づけとは違う。そう考えると心が凪いだ。むしろルークのほうが思いつめた顔をしている。だからレヴィアスは彼の袖《そで》を軽く引いてやった。

「落ち着け。儀式だ」

「――――わかってます」

ルークも覚悟を決めたらしく、生真面目な表情で顔を近づけてきた。それが少しおかしくて思わず口元を綻ばせると、唇に彼のそれが重なって、レヴィアスは瞳を閉じた。


式典は滞りなく済んだ。婚礼衣装を脱いだルークが、見たことがないくらい疲れきった表情でどさりと長椅子に身体を投げ出す。

「大変だったたな」

同じく楽な格好に改めたレヴィアスも、笑いながらそんな彼を眺める。

「堅苦しい儀式は疲れたろう。つきあわせて悪かった」

「……ああ、いや、これで名実ともにあなたの番となれたことは、本当に嬉しく思います」

ルークは慌てたように身を起こして言った。

「ただ、どうもああいった儀式は緊張してしまって」

「お前でも緊張することがあるんだな」

式の最中のお前の顔はなかなか見物だったぞ、とレヴィアスがからかうと、彼は困ったように笑った。

「ありますよそれは。この国に向かって、あなたを番にしたのだと皆に認めてもらわねばと思いましたからな」

その言葉で、ルークがどれだけ真剣にこの婚礼の儀に臨《のぞ》んだのかと知らされて、レヴィアスの胸が熱くなる。レヴィアスは長椅子に座るルークの前に立つと、両手を彼の肩にそっと置いた。

「……ありがとう。感謝する」

「何を。お礼を言うのはこちらですよ」

腕を引かれ、彼の膝の上に座らされる。

「あんなに美しい姿を見せてもらえた。俺は果報者です」

「……俺だって」

皆まで言う前に、レヴィアスは口を塞がれてしまった。ルークの熱い唇が重ねられる。式の時とは違う深いそれに頭の芯がぼうっとなった。

「俺のものだ。――――我が君」

「……ルーク」

「俺はこれまで世界のために生きてきた。だが、これからはあなたのためだけに生きていく」

「……俺は、お前のためだけに生きることはできない」

王だから。それは自分が死ぬまで、いや、死んでもやめることはできない。

「構わない」

だが彼は口の端を上げた。

「こうしている時は、あなたは俺だけのものだ」

その言葉に、レヴィアスはゆっくりと息を呑む。

「違うと？」

「いや――――」

レヴィアスもまた、微笑んだ。

「こんなに面倒な立場のオメガの番になりたいなどというのは、お前くらいなものだ。こうして二人だけでいる時は、俺は髪の一筋までもお前のものだよ」

そう告げると、ルークの両の腕で力いっぱい抱きしめられる。骨が軋《きし》むかと思うくらいの抱擁は少し苦しかったが、レヴィアスの胸は歓喜に満ちていた。こんな幸福がこの世に存在するなど、これまで知らなかった。目眩すら覚える。

「今すぐあなたをめちゃくちゃにしたい」

「まったく元気な男だな」

さっき疲れたと言っていたのは誰だったのだろうか。だが、レヴィアスとて求められるのは嬉しい。

夜にな、と言って彼の膝から降りようとした時、ふいに景色がぐるりと回るような感覚がした。

「……？」

「レヴィアス様？」

ぐらりと傾いだ身体をルークが咄嗟に支えてくれたので、床に倒れることは避けられた。だが、脚に力が入らず、立っていることができない。

「レヴィアス様！」

ルークが呼ぶ声が次第に遠くに聞こえる。そのうち視界が暗くなり始めるのを、レヴィアスはどうすることもできなかった。

「気がつかれましたか」

次に目を覚ますと、レヴィアスはベッドに横たえられていた。側には典医と、ルークの姿が見える。

（倒れたのか）

「ああ……、すまない。迷惑をかけた」

「まだ、起きないほうが」

起き上がろうとしたところを、ルークに慌てて押しとどめられた。

「ルーク殿、病気ではありませんから、それほど心配なさらずとも大丈夫ですよ」

「……え？」

レヴィアスは典医を見る。

「――ご懐妊ですな」

その報告に、思わず息が止まった。

「……子が、できたということか」

「さようです。疲れも溜まっておられたので、倒れられたのでしょう。お腹の御子には大事ありませんので、今後はあまり無理なさらぬよう」

「……他の者には？」

「陛下が倒れられたので、皆心配しておられます。なのですぐにでも報告する義務がありますが、しばらくはこちらには来られぬよう釘《くぎ》を刺しておきます」

つまり、二人きりにしてやると言っているのだ。

「すまない。恩に着る」

そう言ったルークに頭を下げ、ではまた、と言って、典医は出ていった。

「……ルーク」

身籠もった。この腹の中に彼の子がいる。レヴィアスは戸惑いながらも自らの下腹に手を当てた。

「お前の子がいるのか。俺の中に」

「レヴィアス様」

彼はレヴィアスの隣に座り、抱きしめてきた。さっきよりもずいぶん優しく。

「正直なことを言ってもいいか。少し怖い」

元々アルファだったレヴィアスは、自分が懐妊することなど露《つゆ》ほども考えていなかった。それは当然のことだ。だがオメガになった時、それは覚悟していたつもりだった。世継ぎは作らねばならない。それは自ら産むしかないのだ。だが、こんなことを、純然たるアルファであるルークに言っても理解してもらえるだろうか。

「当然です」

しかし彼はそんなふうに言ってくれた。

「急にオメガになったからといって、子を身籠もるのが当たり前だと思えるわけがない。けれど、俺は嬉しいです」

「……俺だってそうだ！　お前との子だ。嬉しくないわけがない」

ただ、おそらくこの後に起こるであろう様々なことを不安に感じるのだろう。

「俺は、あなたがそうやって不安を打ち明けてくださることも嬉しいです」

ルークの熱い手がレヴィアスの手を包み込んだ。

「少しでも不安に思ったことがあれば、すべて話してください。一緒に考えましょう。優秀なあなたに、俺は助けにはならないかもしれませんが、それでも」

「……そんなことはない」

レヴィアスは胸が熱くなるのを感じた。鼻の奥がツン、とする。

「お前がいてくれて嬉しい」

俺の番がお前でよかった。お前の子を身籠もることができてよかった。

「俺は幸せだ」

「それは俺の台詞《せりふ》です、レヴィアス様」

最初に俺を選んでくださってありがとうございます。

そんなふうに言われて、胸がいっぱいになる。彼がこんなふうに寄り添ってくれるなら、これから起こる未知の体験もきっと乗り越えていけるだろうと、レヴィアスは思った。

あとがき

西《にし》野《の》花《はな》です！　今回はこの本を読んでいただきありがとうございました！

オメガバースにビッチングというものがある、というのを知った時、いつか書きたいと思っていました。もともと身分の高いハイスペックなアルファがそれよりも強いアルファにオメガにされる。夢のある話です。

ところで去年の話になるのですが二度ほど入院してしまいまして、そのせいでスケジュールがえらいことになってしまい、どうにも立て直せず、ほうぼうにご迷惑をおかけすることになってしまいました。本当に申し訳ございません。結局リスケすることになったのですが、もっと早くにそうしておくべきでした。担当様には伏して謝罪するばかりです。

挿画の笠井《かさい》あゆみ先生、ありがとうございました！　ルークの腕の筋肉すごっ…！　えっ、レヴィアス美人！　と、いつも眼福させていただいております。エッチな絵もそうでないのもとても楽しみです！

流行病もなかなか収束しませんが、皆様身体に気をつけて、またお会いしましょう！

【Twitter】hana_nishino

CROSS NOVELS既刊好評発売中

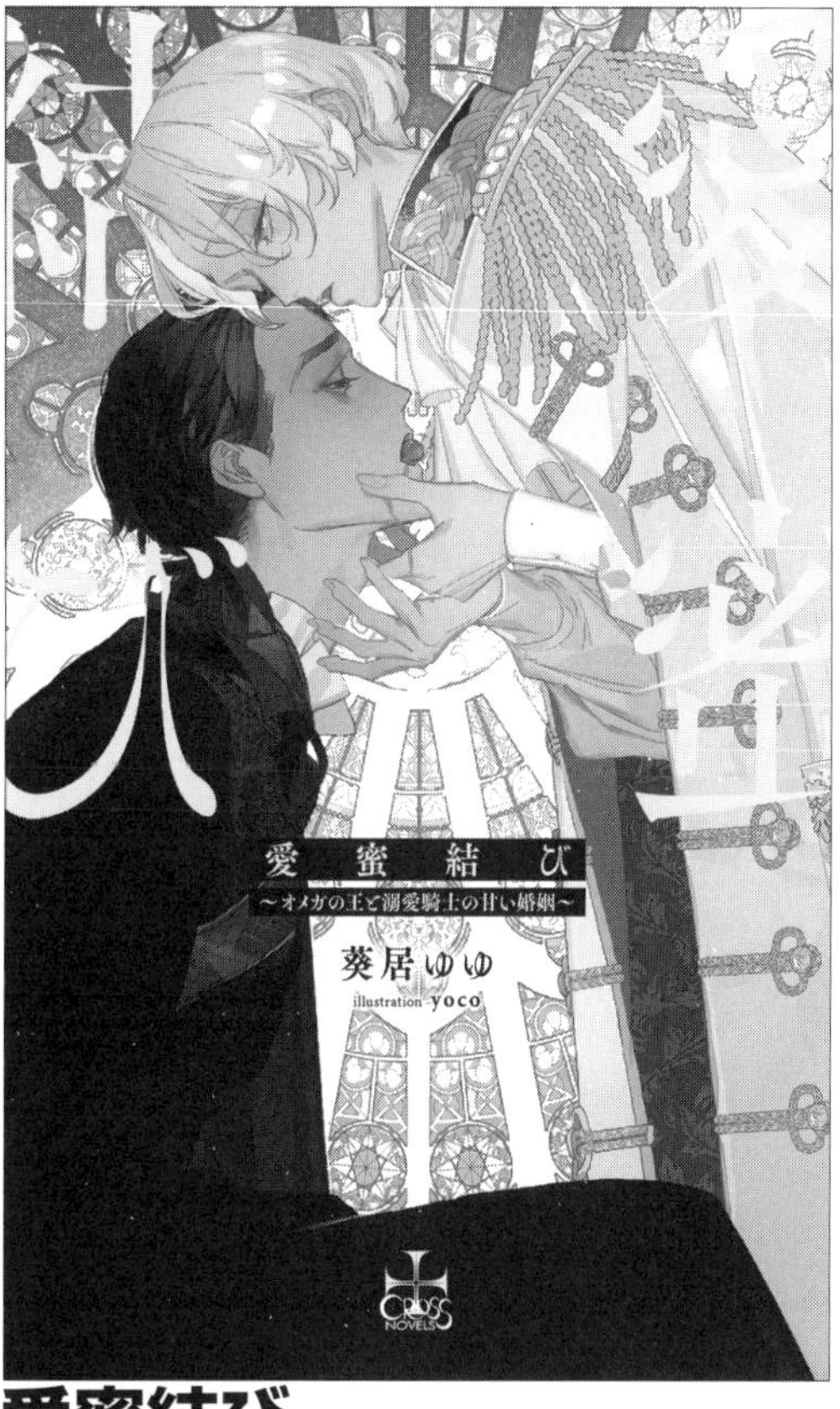

オメガの蜜はアルファの好物ですよ

愛蜜結び
～オメガの王と溺愛騎士の甘い婚姻～

葵居ゆゆ

Illust yoco

――どうぞ、俺のせいにしてください。

オメガの王・ノアの番候補として、幼い頃の苦い思い出がある近衛騎士・クロヴィスが選ばれてきた。

ノアは発情期の、義務的な相手としてだけ彼を扱おうとするも、クロヴィスに触れられた途端に初めての発情期を迎え、誘い蜜を溢れさせてしまう。

それからもクロヴィスは善き王であろうとするノアを献身的に、甘やかすように仕えてきて……。

純情エロティックオメガバース

CROSS NOVELS既刊好評発売中

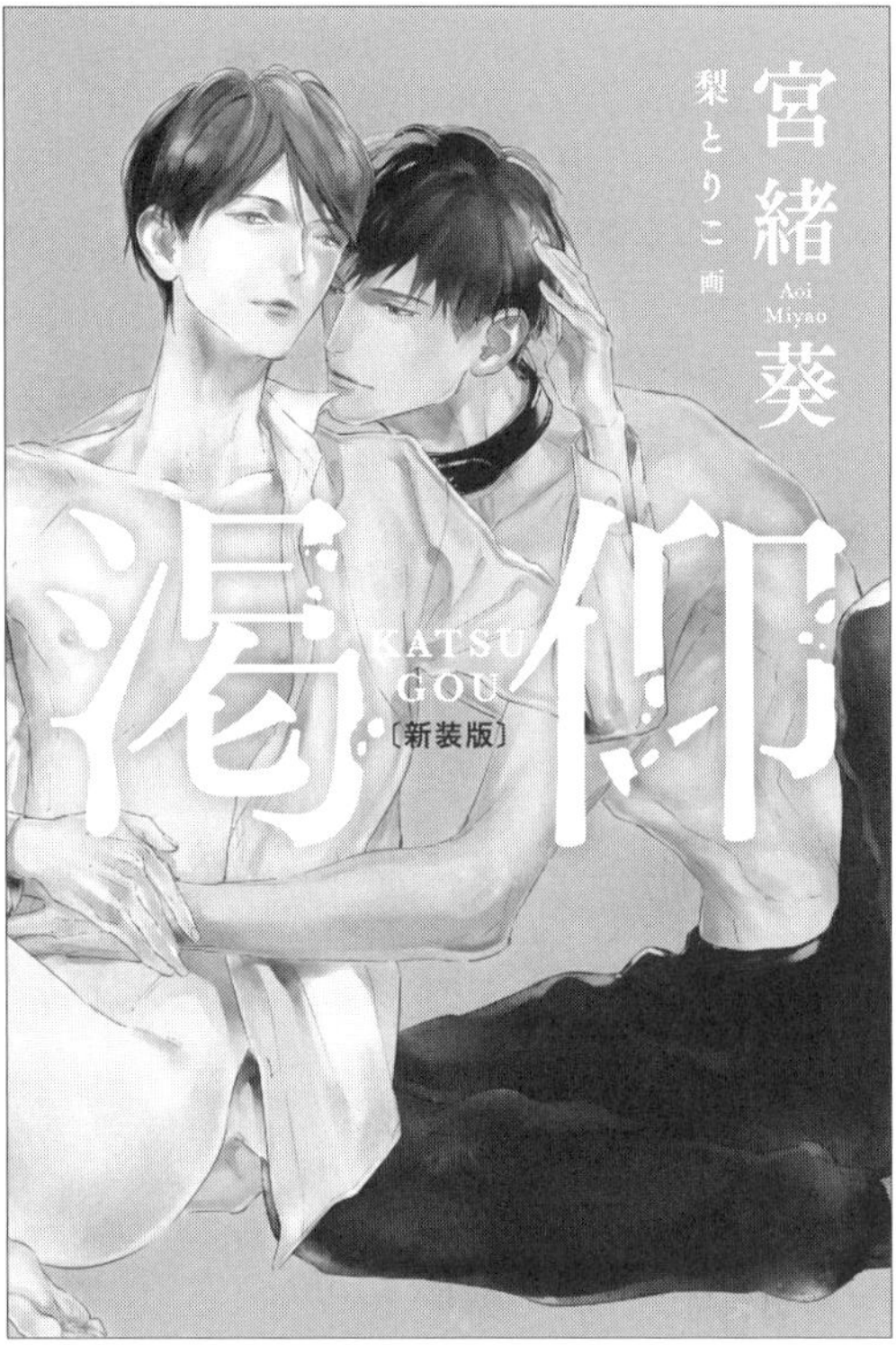

お前は僕の一番大切で、可愛い犬だよ

渇仰 新装版

四六判

宮緒 葵

Illust 梨とりこ

家も仕事も恋人も全て失った明良の前に、一人の男が現れた。

達幸――ある事件以降、六年間連絡を取らずにいた幼馴染だ。

若手人気俳優になった達幸との再会に戸惑う明良だが、気づくと高級マンションへ強引に連れ込まれ、「俺を明良の犬にしてよ」と懇願されながら身体と心を彼の熱い雄で、激しくかき乱され……！

大人気シリーズ「渇仰」「渇命」を一冊にまとめ、大ボリュームの新規書き下ろしを加えた新装版、ついに登場！

CROSS NOVELS既刊好評発売中

あーちゃんが怖いモノ、
全部俺がやっつけるから

渇欲

宮緒 葵

Illust　梨とりこ

六年ぶりに再会した「世界一キレイなあーちゃん」こと明良に、念願の飼い主兼恋人になってもらえた人気若手俳優の達幸。

自身のマネージャー補佐として働く明良の前では「いい犬」でいる努力を続けていたが、本当は彼を誰にも見せず独り占めしたい衝動と戦っていた。しかし、映画『青い焔』の公開オーディションに達幸の異母弟が参加することが判明し——。

「渇仰」と「渇命」の物語を繋ぐ重要なシリーズ番外編+書き下ろし、待望の商業化!

CROSS NOVELSをお買い上げいただき
ありがとうございます。
この本を読んだご意見・ご感想をお寄せください。
〒110-8625
東京都台東区東上野2-8-7　笠倉出版社
CROSS NOVELS 編集部
「西野 花先生」係／「笠井あゆみ先生」係

CROSS NOVELS

オメガになった王と剣闘士
〜ビッチング・キング〜

著者

西野 花

2022年10月23日　初版発行　検印廃止

発行者　笠倉伸夫

発行所　株式会社 笠倉出版社
〒110-8625　東京都台東区東上野2-8-7　笠倉ビル
[営業]TEL　0120-984-164
FAX　03-4355-1109
[編集]TEL　03-4355-1103
FAX　03-5846-3493
http://www.kasakura.co.jp/
振替口座　00130-9-75686

印刷　株式会社 光邦

装丁　Asanomi Graphic

ISBN 978-4-7730-6356-1
Printed in Japan